返乡记

蔡晓安◎著

记

中国言实出版社

图书在版编目（CIP）数据

返乡记 / 蔡晓安著 . -- 北京：中国言实出版社，
2023.1
ISBN 978-7-5171-4348-2

Ⅰ．①返… Ⅱ．①蔡… Ⅲ．①长篇小说—中国—当代
Ⅳ．① I247.5

中国国家版本馆 CIP 数据核字 (2023) 第 005112 号

返乡记

责任编辑：宫媛媛
责任校对：张馨睿

出版发行：中国言实出版社
      地　　址：北京市朝阳区北苑路180号加利大厦5号楼105室
      邮　　编：100101
      编辑部：北京市海淀区花园路6号院B座6层
      邮　　编：100088
      电　　话：010-64924853（总编室）　010-64924716（发行部）
      网　　址：www.zgyscbs.cn　电子邮箱：zgyscbs@263.net

经　　销：新华书店
印　　刷：成都市兴雅致印务有限责任公司
版　　次：2023年1月第1版　　2023年1月第1次印刷
规　　格：880毫米×1230毫米　1/32　7印张
字　　数：164千字

定　　价：78.00元
书　　号：ISBN 978-7-5171-4348-2

独辟蹊径　采得异香

——读蔡晓安长篇小说《返乡记》

余德庄

　　近年来，农村"扶贫"题材的文学创作方兴未艾，大批新老作家积极投入到这场波澜壮阔的时代洪流中，各种体裁的文学作品大量涌现。作为其主打文体之一的中长篇小说创作也呈现出盛况空前的创作态势，推出了不少接地气、有新意、受到读者喜爱的作品。笔者参与了不少相关作品的推介和研讨活动，深为这一文学现象而感奋。如果这种创作势头持续地保持和发展下去，不定哪一天新时代的《暴风骤雨》和《创业史》就应运而生了呢！

　　就笔者所阅读过的此类题材的中长篇小说作品可以看出，作家们多是怀着一种时代激情和社会责任感投入创作的，对于"扶贫"的意义和相关政策也都有比较正确的认知和把握，对作为扶贫对象的地区和群众的状况，"驻村干部"和当地的党政组织所进行的相关工作，也都有一定程度的直接或间接的了解甚至亲身感受，尽管写成的作品思想艺术质地有所参差，但大致都做到了言之有物，敷衍应付之作尚属少见。

但读得多了，也发现相当多的作品在人物设置和叙述角度上，存在一种在艺术创作中本应力求避免的趋同现象，其最为明显的就是不约而同地把上级委派下乡的"驻村干部"或"老支书""老村长"设置为小说着力描写塑造的主要正面人物形象，并以其视角统领全书的讲述，别的人物出场、相关的故事演进、情节安排，直到细节刻画等，几乎都是围绕着这位"主要人物"的所见所闻、所感所思、所举所动来呈现的，而在现实的扶贫工作中，他们的责权范围、工作程序、群众纪律、考核标准等都是有严格规定的，又由于时间紧迫等原因，不少作品在创作中缺乏必要的提炼和用心的艺术构思，造成在不同作者、不同名称的作品中，这些身份类同的主要人物的工作经历和工作方式包括在各种场合的言谈举止等都不约而同地出现了诸多雷同和相似，只是在个人经历、家庭生活，乃至感情际遇等上面小有差异，但为了支撑其作为主要正面人物形象，即使是这方面也有诸多近似之处，在此就不详述了。

在这种情况下，即使是很精细的阅读者，也难免把这些你中有我、我中有你的"主要正面人物"们张冠李戴，相互混淆了。作为一种文学体裁，小说创作是在"以人民为中心"的前提下，通过塑造个性鲜明生动的人物形象来完成其艺术实践的。恩格斯当年在评论法国"工人作家"左拉时说："文学中的人物特别是主要人物，必须是独特的、典型化的'这一个'。"因此，这种小说"主要人物"安排的趋同化及其所导致的形象雷同化，不但造成了一些作品无意识的群体"撞车"的遗憾局面，也在一定程度上弱化了这场堪称中国农村"千年之变"的脱贫攻坚战的主要参与者——广大农民群众强烈要求摆脱贫困的内在期盼和主动进取精神。

正是在这种阅读感受下，当我读到蔡晓安新近创作的同类题材的长篇小说《返乡记》时，就有了眼睛一亮的感觉。

与上述作品不同的是，该小说首先出场，并一直贯穿整部小说的"主要人物"高福星，不是城里下来的干部，也不是村里的老领导或其他什么身居要津的人物，而是一个外出闯荡多年并一度小有斩获，最后却功败垂成，由人们传言中的"富翁"落魄成"负翁"的普通农民。他背负着巨额欠债回到老家，却因为老屋倾颓连住房都没有，不得不被村里安排在"五保家园"暂住，却不甘就此认命，决心要趁着全国打响"脱贫攻坚战"的东风，重新奋起，再次向贫穷宣战。然而，两口子却因都"不是村里的常住人口"而不能被列入扶贫对象，享受相关政策。就在高福星四顾茫然、走投无路时，老支书孔先行出于对脱贫事业"一个都不能少"的责任感和对高福星人品和能力的认定，决定将自己3万元个人存款悉数借予他作为修建养猪场的启动资金。高福星汲取在外地办养猪场失败的经验教训，和老婆李巧妹一起胼手胝足，奋力打拼，克服一个又一个的困难，终于一步一步地将养猪场办得风生水起，不仅还清了内外欠债，还通过诚心诚意地扶持结怨多年的妻兄李如意和癫头等特困户，化解了彼此间错综复杂的矛盾，成为携手同行在致富路上的伙伴。

小说的"主要人物"高福星原本只是一个普通的中年农民，因其向往能过上好日子而又生逢其时，经历了从偏僻贫困的农村走向改革开放的繁华城市，后来又因事业挫败从城市回到全面展开扶贫攻坚的农村这样一个大的命运循环中。他与习惯了春种秋收的传统老农不一样，也与走进城市就乐不思蜀，再也不愿回归农村的年轻一代有所不同，而是兼具了传统农民的吃苦耐劳、熟稔农活、留恋乡土、珍视乡情的特点，又有新一代农家子弟容易接受新事物、融入新环境，想要彻底改变命运的强烈愿望的特点，加上高福星本人有着不畏挫折、善于捕捉机会等过人之处，因此他成为一个由时代和环境所造就的颇具典型意义的人物。作品对于这个人物的塑造是相当用心的，就连他外出打工起家和失败后回到家乡从头做起所从事的行业都一直是养殖业，不同的是已从传统的自给自足式的农家散养转变成大规模科学养殖的现代化管理和经营。

高福星富裕起来之后，如何帮助乡亲们摆脱贫困，作品也花了相当多的笔墨进行了比一些作品显得更有故事性和深度的状述和描写。其中，最重头的就是高福星与结怨多年、深怀敌意的妻兄李如意这样一个单身带子却又极难打交道的人物的交往，直至最后终于使之受到感化的曲折过程。作品没有做那种寻常多见的因某一突发事态而使对方幡然省悟的简单处理，而是写得一波三折，细致入微，让人不禁想到了那句"只要功夫深，铁杆磨成针"的民间谚语。同样对村里的另一个也属非常难打交道的"二流子"式的贫困户癞头的帮扶过程，也都写得峰回路转，入情入理，真实可信。这两个人物和作品中其他一些人物，包括一直毫无怨言地与高福星同甘共苦、不离不弃，且在关键时刻不乏聪慧之见的妻子李巧妹的成功设置，对于高福星这个身处故事中心的正面人物形象的塑造都起到了重要的陪衬作用。这里面还有个值得一说之处：在小说中作为一个先富起来的普通农民，高福星之所以能有这样的善行，并不是因为被上面安排了"任务"，而是出于一个新时代的中国农民对"共同富裕"的切身感念，正因为这样，高福星这个人物就比普通的"农村能人"有了更为丰厚的内在蕴含和时代特征。

作者对小说中的另一个不可或缺的重要的正面人物，即老支书孔先行的处理，显然是经过周密思考的。这位身兼村里的一把手和"扶贫"工作的主要责任人，除了在一些关键时刻，尤其是与高福星相关的一些章节中有所露面并给人留下了任劳任怨、勤勉奉公、深孚众望，又胸有大局、严守政策，且能因地制宜、灵活变通地处理和解决各种难题的基层干部形象。尽管其在作品中的出场远不如高福星多，却让人时时都能感觉到他作为高福星背后的引领者和支持者，以及村民"主心骨"和"大管家"的存在。作品以最后一章详细地描写这位老书记终因操劳过度而"老病复发"，再也无法支撑工作，不得不到县里治病，却一路"意外"频发，走走停停的那番令人心悬心痛、感动不已的经历，完成了对这位令人感佩的"幕后"重要正面人物形象的最后"点睛之笔"。细读回味，深感作者之良苦用心！

以上所有这些有着各自不同的命运际遇、生活甘苦、个人习性和梦想追求的人物，都在这场"一个都不能少"的脱贫致富奔小康的伟大社会变革中，经过各种各样的坎坷曲折和爱恨情仇的碰撞，最后都在作品中重新找到了各自的位置，成为一种在新的生活中健康和谐、互相照亮的文学人物群体。

除了视角新颖、人物性格鲜明之外，整部作品的故事脉络清晰，情节和细节的铺陈和描写也多有"情理之中，意料之外"的妙笔，可圈可点之处甚多。

不过，如果用"没有最好，只有更好"来看待这部优长众多、已属难得的作品，读罢之后似乎也有些许的不满足，主要是感到作者在创作这部以这场中华民族前所未有的千年巨变为大背景的长篇叙事作品时，笔墨收得有点儿过紧，忽略了长篇作品应有的缤纷和纵深，在一定程度上影响了作品的厚重感。如果能在作品故事中适当地增添几个不同层次的人物和一两个冲突的事件和场面，再补充一点主人公的贫困家世以及整个村子乃至整个地区的贫困历史，将这种生活的真实变为艺术的真实，有机地融入作品的叙事中，整部小说给人的感觉是不是会更好一些呢？一孔之见，权作参考吧。

至少在笔者有限的阅读范围内，《返乡记》不失为一部独辟蹊径、采得异香，能给人以阅读快感并受到心灵触动的较为成功的"扶贫"题材长篇小说，端的可喜可贺！

蔡晓安是一个很有潜力也很勤奋，而且善于学习和不断总结经验的作家，目前正值创作的黄金年龄，期待并相信他会有更多的令人眼睛一亮的作品问世！

谨为序。

2021年岁末于重庆渝北

（本文作者系国家一级作家、中国作家协会全委会名誉委员、重庆市作家协会名誉副主席、重庆文学院首任院长、享受国务院特殊津贴专家）

目录

CONTENTS

楔子

高福星还是决定要回去。

这是一个异常艰难的决定。艰难到有些痛苦，甚至略显悲壮的意味。

这其实很容易理解。十几年来，他背井离乡，在外闯荡，村里的人们都以为他在外面已经发得大红大紫，曾经一度，他也很乐于听到这样的传言，因为有一段时间，他也确实无愧于这样的传言。但更多的时候，这传言明显失真，即便如此，他也不愿戳破它，宁愿自闭在这虚无的泡沫里小憩一会儿，不需要太久，只一会儿，他也心满意足。说到底，他将自己置身于巨大的动荡之中，他把他冒险赢来的爱情搁放在漫无边际的未知里面，拼命挣扎，奋力挥臂，不就是想游到幸福的彼岸，爬上那高高隆起的岩阶之上，享受人们从四面八方汇聚而来的钦羡的目光吗？

这样一个场景，这样一个在梦中出现无数次的场景，不是一度成为他人生的最高目标吗？

然而现在，他感到自己正在下沉。这样的目标正离他越来越远。

他不知道脚下的地面离他还有多远。他只觉得耳边的风在呼呼地刮过，刮得脸上生痛生痛的，刮得他的心仿佛还没反应过来，还挂在崖上那高高的枝头上，惊恐万状，又痛苦不堪地呆望着正在自由落体中的躯体。

假如不是那该死的猪瘟，假如不是那比猪瘟更难防备、更可怕的人心，他又何至于面临如今进退两难的困境呢？

人在走投无路之时，最先想到的恐怕就是他的出生地，以及出生地那些可亲可敬的乡亲——当然，更多时候，这所谓可亲可敬，无非是人被磨难击溃以后，在主观的世界里营造的一个避风港。因为他相信，人心无论多么险恶，乡亲终归是乡亲。

可不是吗？他都十几年没有回去了，可那些人，那些事，尽管也有令人伤怀的，也有令人厌烦的，甚至也有让人不齿的……却还时不时往他脑海里窜，像一缕微熏的春风，冷不丁灌进衣领，还是会让人不由自主地打个哆嗦。

打个哆嗦，还是温暖的。

高福星就在这温暖的哆嗦里，踏上了他的回乡路。

他回去，已经没有衣锦还乡的资本，尽管，他有很多次这样的冲动和幻想。他回去是为了寻求帮助。他的户口还在村里，他还是村里的一分子。据说，现在有很好的扶贫政策——他都已经沦落到像条仓皇无措的流浪狗了，还不算贫困吗？他现在活得生不如死，政策要扶贫，不就是扶他这样的人吗？

一句话，他回去，是为了活命，是为了这一口气出了，下一口气还能接上来。

1

令高福星感到震颤的，首先是路。

那条快到镇子尽头就开始从旁斜插而上的公路，那条顺着山势蜿蜒盘桓、却总是只把一小段一小段呈现眼前的公路，那条他在梦中邂逅过无数次、却总是模糊难辨似有若无的公路，多么熟悉，又多么陌生啊。他想起了十几年前，那个月黑风高的夜晚，他带着年轻的媳妇沿着公路一路狂奔，有时候远远地听见一阵零星的狗吠，或者不知道从哪个方向传来的几声叫嚷，他就赶紧一把拉过媳妇，要么闪到路旁的几棵大树后面，要么猫身躲在坚硬冰冷的岩石根下，直到确认所谓的危险不过是一场虚惊，才又立起身来，向着山梁外面那一抹微白的天际逐光而去。

那时候的路，可不像现在这样，全是水泥硬化过的，弯道稍微大点，或者公路外面的山崖稍微高些，都会用护栏挡住，没有护栏，也会等距夯实一些方方正正的石墩，即便不能把行驶中的车辆绝对堵在公路一侧，但至少，车上的人，心里是踏实而安稳的。要说不足，唯一就是路窄了点，很多路段，碰到对面来车，错车就比较困难。即便每隔一段路，都会留一个位置特意拓宽些，以便会车。但往往不会刚好两辆车都在那个位置，不是这个车要退一截，就是那个车要倒一段，终归是不方便。不过话又说回来，这个路之所以叫村级公路，就说明，真正往这条路上跑的车肯定不多，大多数时候都能够畅行无阻。偶尔碰到不好错车的时候，反正概率小，也就无所谓了。

那时候的路是个什么样子呢？

宽度跟现在的倒差不太多，只是路面真的是太糟糕了。坑坑洼洼不说，杂草丛生不说，乱石、沙砾遍布也不说，最难忍的，还是下雨天。要去镇上赶个集，简直就像上战场。溜溜滑滑，稍有不慎，可能就会摔个"狗啃泥"，或者来个"仰翻叉"。特别是那些"哗哗啦啦"泥沙俱下的浊渣秽水，从坡上到路上，从路面到脚面，一路磅礴，来势汹汹，仿佛一抬脚，人就会被冲到公路外面的山崖下去。

就是在这样一条路上，他和媳妇跌跌撞撞，直奔山外，十几个年头倏忽之间就无影无踪了。哦，对了，那时候的她，还不能叫媳妇，她甚至连他的对象都不是呢。他们不过是邻居，从小一起长大，直到她要被嫁到另一个村子里去了，他们才想到，他们必须一起逃走。他必须带她逃离这个像牢笼一样的家，逃出这个一人一口唾沫都能把他们淹死的村子，逃到一个没有人认识、所有人都找不到他们的地方去！

高福星望着眼前的公路，又偷偷瞥了瞥身旁的媳妇，不觉间，竟感觉眼眶有些潮潮的，鼻头也有些发酸了。

然后，他就想起时常听人念叨的那句话："要致富，先修路。"这些年，国家想要老百姓尽快脱贫致富，才把这么好的公路修进村，修进组，就差修到了家家户户。修这么多、这么好的路，得要多大的资金投入啊。这让他本来阴郁的心里开始亮敞起来。不错，他目前所碰到的问题对于他来说，简直就是灭顶之灾，可对于国家来说，真要帮他解决，不就是小菜一碟吗？

那一刻，他把所有的希望都寄托在了"国家"，这个曾经听起来十分虚无，现在却感觉无比真实，真实到仿佛触手可及。

高福星再无心欣赏一路上美丽的自然风光，他有些兴奋，有些性急，他想，他回村要做的第一件事，就是尽快去村委，向他们诉说自己的困境。

他不由自主地把脚下的油门猛踩了一下，只听"轰"的一声，小货车就像一头发情的公猪，干劲十足地冲了出去。

高福星到村委，已是正午。村主任、综治专干、综服专干，还有那个所谓"本土人才"的小姑娘，都到楼上食堂去了，独留下村支书一个人，还在办公室里整理文件。刚开始，高福星也不知道这个人就是村支书，他甚至都没有认出这个人到底是谁。倒是村支书抬眼一望，先是怔了怔，接着像突然明白了什么似的，喊了声："福星，是你吗？"高福星听到对方叫出自己的名字，心里咯噔一下，想：看来他认识我。他认识我，就说明，我可能也认识他。

可是，他是谁呢？

眼前这个老头满头白发，面容清癯，个头不高，顶多一米六，完全是一副弱不禁风的样子。即便如此，他的精气神还在，特别是说话，中气十足，跟他瘦弱的形象形成了十分强烈的反差。有那么一瞬，高福星脑海里冷不丁闪现出一个人来。他有些疑惑，十分不确定地问道："你是——先行？"

孔先行"哎呀"一声，从办公桌后面飞快地绕了出来，还没等高福星反应过来，一双冰凉、纤细的手就热切地握住了他。"真没想到啊，十几年不见，你的样子还没怎么变。"孔支书声音颤抖，明显是那种因为激动又不想让人觉出他激动，所以就努力想把这激动压制下去的"颤抖"。高福星本想礼貌地回应一句："是啊，是啊，你的样子也没怎么变化呢。"但终究觉得不合适，这不是睁着眼睛说瞎话吗？他的相貌变化实在是太大了。只好改口说："怎么没变？都老啰！"

孔支书把眼一瞪，像责备似的说："乱说，四十还不到呢，怎么能随便说老了？"这才把脸转向一旁的女人，问："这是弟妹吧？还是外面好啊，把人养得像个观音菩萨一样。"李巧妹只腼腆地客气一声，就安静地退到一旁。

孔先行又说："正好到了吃饭时间。走，上我家去！"

不由分说，拉起高福星就往外面走。

孔支书对高福星异乎寻常地热情，当然是有原因的。虽然平时他对待村民也很热心，特别是对那些在生活上亟须帮助的村民，他总是尽其所能，能帮则帮。但平心而论，再热心，也还没到见一个人就要喊回家去吃饭的程度。这个原因就是，他和高福星是同学。而且还不是一般的同学，是那种有福同享有难同当、连屙屎屙尿都要一起的交情。要说为什么？好像也说不出什么具体原因，只是两个人经常在一起，就有了那种惺惺相惜的感觉。当然，一定要找个具体的理由，也是有的。小时候的孔先行身材瘦弱，个头矮小，读到五年级了，体重才四十来斤，看上去，就像个一二年级的小朋友。这种先天不足，常常成为其他同学口中的笑柄。有好事者一见到他，就高声叫喊："孔先行，孔先行，是不是你老汉儿力气小，才把你造成这个样子的呀？"然后就像唱歌一样，把调门抬得老高，"要想力气大，去和猪打架！要想力气大，去和猪打架……"孔先行不管那么多，哪怕那些人把天都喊破了，他也只当没听到。他的态度再明白不过了，你爱取笑就取笑吧，反正听得多了，耳朵生了茧巴，也无所谓。但高福星不一样。高福星一听到别人嘲笑他的朋友，他就会把身子往前一挺，向着对方挥舞他的小拳头，牙巴骨咬得"梆梆"响，两只眼睛更像是马上就要喷出火来一样。那些调皮鬼本来也只是过过嘴瘾，真要干架，没几个敢上，所以大多数时候，只要高福星一出面，那边就"哄"的一声，作鸟兽散了。高福星还没找准个具体攻击目标呢，个个都跑得无影无踪了。要说高福星年纪还比孔先行略微小点，但他身板结实，往人前一站，就像只小老虎。但人们并不叫他"小老虎"，一是倘若这样一叫，有点长他人志气灭自己威风的意思；二来呢，高福星整天都是一副雄赳赳、气昂昂的架势，好像随时都准备与人战斗似的，就像只好斗的公鸡。所以别人当面不敢说，背地里都叫他"高公鸡"。

一句话，就年纪而言，孔先行略长，无论是生活将息，还是上学读书，就像兄长一样带着高福星；一旦碰到那群小混蛋，高福星又像大哥一样罩着孔先行，不让他受欺负。

如今想来，那是一段多么美好的时光！虽然他们只在小学同过两年学，但那两年，是刻骨铭心的两年，是能让人记住一辈子的两年啦。

特别是有一次放晚学，高福星前一天的家庭作业错得太多，被老师留下来重做。孔先行等了一会儿，想起父亲交代他晚上回家还要去坡上扯猪草，就一个人先走了。

等高福星从学校出来，到了半路，刚好看到他不愿意看到的一幕。

他看到了什么呢？

他看到：那个叫癞头的家伙一只手揪着孔先行的头发，使劲往地上扯，另一只手也不闲着，拼了老命似的直往孔先行脑袋上捶。

　　癞头读六年级，住在离他家不远的山坳里。这家伙从小好吃懒做，不务正业，不是今天把邻居的菜地踩烂一大片，就是明天朝同桌的书包里塞进去一只癞蛤蟆，要不就是后天在课堂上突然倒在地上装死。老师知道他的把戏，刚开始还说几句，久了，老师也不管他，只摇摇头，喉咙里"哼"的一声，道："无可救药！"

　　高福星飞快跑过去，一把将癞头掀翻在地，又伸手将孔先行拉起来。高福星问："怎么回事？"孔先行还是那副逆来顺受的样子，说："也没什么，他说我挡着他的路了。"高福星回过头来，对着癞头说："大路朝天，各走半边。这么宽的路，凭什么说他挡着你了？"癞头从地上爬起来，一副恶狠狠的样子，边说"关你屁事"，边把袖管一挽，直接就冲了过来。

　　两个人很快就扭打在了一起。

　　结局不用说，想来大家都猜到了。虽然癞头读六年级了，但在身手方面，哪里是高福星的对手？没几下，就被治理得服服帖帖。最后，只能带着哭腔不停保证，从此以后再也不欺负孔先行了。这才作罢。

　　想起这些事，孔先行就禁不住感慨万千。他举起酒杯，朝高福星这边使劲一碰，再一仰头，一饮而尽。"要不是有你，我能不能有今天，还真难说啊！"

　　先前一席话，高福星已经知道孔先行现在做了村支书。

　　他在斟酌，下面的话，到底应该怎么说。

　　他取过酒瓶，将孔先行的酒杯重新斟满。孔先行要来给他倒酒，他一把拦住，说："别！这杯酒，我先敬你！"孔先行也不争抢，静等他发话。高福星将自己的酒杯也斟满酒，高高举起，说："这杯酒，要敬你这满头白发！漂亮话我不会说，但我知道，这肯定是为了工作，操心操出来的。"孔先行就觉得眼前有些模糊了。难得有人这样理解他，一下就点出了问题的实质。可不是吗，这几年村里忙扶贫，他这个村支书，上要对得起组织，下要对得起乡亲，不操心，可能吗？他叹了一口气，也不多说什么，只把酒杯一举，喊一声："干！"

三杯酒下肚，见面礼算是过了。接下来，该拉拉家常。

孔先行问："这些年在外面，发大了吧？"

高福星也不辩解，指了指自己一身的穿着，说："你看看我这个样子，像个发大财的人吗？"又觉得这样说不是很准确，补充道，"当然了，也不是没'发'过。可惜，只是'发过'，说不上'发了'。"

其实，高福星不这样说话，孔先行也早有了疑问。村里一直传言他在外面发了大财，做了大老板。无非是去浙江打工的一些村民，也没有见到他本人，仅凭一些从旁得来的道听途说，就在同乡人中间传开了。一传十，十传百，越说好像越是那么回事。甚至于，有人就觉得，村里必须要有这样一号人，大家的脸上才有光。想想啊，这么偏远的贫困村，居然出了这么风光一个人物，哪怕是在外面打工，说起某某某跟自己是同乡，也是十分上脸的事。有一段时间，孔先行也像被灌了迷魂汤，对这些传言信以为真了。

可是，当高福星真真实实站在他面前的时候，他总觉得有哪里不对劲。想了想，突然发现，大老板这浑身上下好像跟自己也没有太大差别啊，不过是些平平常常的面料，不过是些熟视无睹的样式，不过是些穿了洗、洗了穿，看起来还有些皱巴巴的衣裤，特别是他开回来停在村委门前的那辆小货车，怎么看，也不像大老板的标配吧？

这些话，刚见面他只能窝在肚子里，肯定不能说。现在对方既然主动把话挑明了，他怎么着也应该关心关心了。他盯着高福星的脸颊，目光慢慢上移，终于四目相对。他还是有些小心翼翼，怕说得不好伤了对方自尊，于是尽量把声音放得平缓，说："老高，你是不是碰到什么难题了？"

许是多喝了几杯，又被孔先行点到了痛处，高福星就觉得鼻头开始发酸，忍了忍，终于没有失态。这才一五一十将这些年来在外闯荡，像过山车一样的经历讲给他听。

末了，终于摊开底牌，问道："像我这样的情况，村里总不能不管不问吧？我在外面都听说了，现在扶贫政策好得很。"

孔先行没有回答，只闷着头喝酒。脸色却越来越难堪，像根苦瓜似的挂在高福星面前。正在这时，孔先行媳妇忙完厨房那一套，闯了进来。脚还没踏进屋呢，嘴里就嚷嚷开了："我看你真是不要命了！再喝，再喝把病惹发了，保证又要躺到医院去！"

孔先行只当没听到，把手里剩下的半杯酒又"咕咚"一声，吞了下去。然后抬起头，目视着对方，一板一眼地说："政策是很好，可是，也不是人人都能享受。每一项政策都设置有相应的条件。不符合条件，也不能乱用啊。"

高福星大概听明白了孔支书的意思，脸色也开始沉郁下来。"你是说，像我这种情况，不符合政策？"

孔先行只能硬着头皮说："差不多是这个道理吧。"

"我现在这么困难，为什么还不符合政策？"高福星有些急了。他千里迢迢赶回来，可不是听他孔支书说一句"不符合政策"，就轻飘飘地被打发了。

孔先行放下酒杯，像在办公室一样端坐着。他接待群众的时候，都是这样一副端坐着的模样。也就是说，看样子，他是打算要跟高福星公事公办了。

孔支书说："首先，你在外面办的有企业……"

话还没说完，高福星就插嘴道："可是，企业亏损了，倒闭了。"

孔支书像没有听见似的，只顾自说自话："其次，你还有车。"

"车是有钱的时候买的。现在没钱了。而且——也不是什么好车。"高福星很不服气。

"而且你可能还有存款，那就更不行了。"孔先行把这些话说完，仿佛经历了好多个世纪。他实在是不忍心拒绝这个曾经那么要好，好得简直可以穿连裆裤的同学。可是，他不拒绝，又能怎么办呢？他总不能徇私舞弊，帮他报假材料吧？

"存款是有几千块。我现在没收入来源，手里不留点钱，怎么活命呢？"

"所以你是不能被当作扶贫对象来对待的。"孔先行只好直截了当，拒绝了高福星的要求。

高福星两眼冒火，直勾勾地望着孔先行。"你不是村支书吗？村里的事，不都是你一句话吗？难道，你真的忍心对朋友见死不救？"他不甘心，还在做最后的努力。

孔先行又叹了口气。他把语气放得更轻柔，希望高福星能够通情达理，识大体，顾大局。"老高啊，这个真不是我一个村支书一句话就能解决的问题啊……"他带着哭腔，边说，边无能为力地摆摆手。

就见高福星"腾"地一下站起来，嘴里愤愤地说："我没想到，你竟然是这种人！"说完，直接奔向房门，趁着酒兴，摔门而去。

2

　　高福星冲出来，刚到公路边，一股冷风就迎面扑来，灌进领口，迫使他不由自主打了个哆嗦。十二月还不到呢，风就这般肆虐了。

　　好歹被风一刮，酒醒了大半，头脑一下清醒了许多，不像先前那么闷胀了。他眯缝着眼，抬头望了望天，整个头顶都是黑压压的一大片，有几处漏光的鳞隙，本来还亮闪闪的，给人一点明白的希望，但很快也被来势汹汹的乌云挤兑不见了。那阵仗，好似天上的墨池被哪个捣蛋鬼掀翻了，满天满地，止不住地往下流。地上也好不到哪儿去。所有的树木都在东倒西歪，像真正的醉汉那样，不停地划拳，不停地叫喊，好像声音再小一点，就支撑不住直立的身子，腿一软，便要扑倒在地。更不屑说什么枯枝败叶啦、果皮纸屑啦、破旧薄膜烂菜叶啦，甚至不知哪家女人晾在阳台上、结果被卷跑的胸罩啦、内裤啦，全在空中打着旋儿。

　　高福星想要退回屋去，又提不起已经拉下来的这张脸。侧身偷看了一眼，也不见媳妇跟上来，想必被孔先行夫妇俩拉住了——眼见天变得厉害，何苦跟个醉汉到外面去瞎转悠呢。

　　这时候，他倒真心希望他们把他当个醉汉得了。

　　不然，到了后面，戏还真不知道如何收场呢。

　　但是现在，既然没有人出来拦阻，他也只好破罐破摔，硬起心肠，一条道走到黑了。可是这条道，到底该往哪个方向走呢？迷迷糊糊中，他想到了老屋。

出门这么多年，若说村里还有一点值得他留恋的，恐怕就是爹妈留给他的那座老屋了。

十几年不见，也不知老屋现在怎么样了？

不管怎么说，也是应该回去收拾收拾了。天一旦黑下来，他和媳妇总得要有个地方歇脚啊。房屋多年没人住，肯定破落得不成样子了。这都是意料之中的事。可再怎么不如人意，那也是自己的房子啊。老辈人都说："金窝银窝不如自家的狗窝。"想想，也真是。出门在外这些年，多好的房子都住过，那可都是些响当当的高级宾馆啊。可是有哪一间，住在里面，比住在老屋时更令人心安呢？

这样一想，脚下就有了力气，虎虎生风一般，不像先前那样，像踩在棉花上，软绵绵的，满身的力气使不出。也不管成群结队的沙砾平地而起，直往脸上击打过来，生痛生痛的。

老屋。

那是他现在唯一的家。

他从来没有像现在这样热切地期待着，向往着。

走到半途，雨已经如箭镞一般，铺天盖地落下来。他眼前模糊一片，连路都看不大清了。刚刚使劲在脸上抹了一把，新的雨水又立马从头顶灌溉而下。他整个身子被湿透的衣物紧紧粘连着，有一种说不出的紧迫与沉重感。甚至，这样的紧迫与沉重，已经很明显影响到了他双腿的发力。

他愈发地觉得累了。

他愈发觉得，脚步已经跟不上他心的速度，越来越慢，越来越慢。到最后，竟连抬一下腿都变得十分艰难了。

这是为什么呢？

从小到大，他一直都身强力壮。几乎没生过什么病，就算有时候有点不舒服，坚持几天，不知不觉就好了。特别是赶路，完全是他的强项。别说只是去老屋的这一小段路，就算一口气走十个这样的来回，也不是什么难事。

那么今天，到底是怎么回事呢？

其实答案，已经深深地埋藏在他心底。

只是先前，他一直想忽略，不愿正视。

这个答案就是：他这一回去，必然会跟邻居李如意碰面。而李如意，是他这辈子最不愿见到的人。如果这次不是因为在浙江实在走投无路，他也不会选择回来。想当年，他带着媳妇深夜逃离，一直逃出村，逃出镇，逃出县，逃到山外，从此背井离乡，辛苦闯荡，不就是要跟李如意这个人一刀两断吗？

命运真是会作弄人啊。逃了十几年，绕了一大圈，最后还是不得不回来。回来，不就是要把已经看似熄灭的怒火和仇恨，重新点燃吗？

但他已顾不了那么多了。哪怕前面有冲天的怒火，哪怕老屋那边潜伏着比海还要深的仇恨，他也要回去。

不回去，他能去哪儿呢？

闪电一道接着一道，像刺目的利刃，一刀刀劈向天空。天空开始强忍着，像沉默的勇士，又像宽仁的父辈，但终究没有忍住，痛苦地发出怒吼，一声声，从遥远的天际轰隆隆传来。那些沉郁的吼声，似绝望的嘶鸣，又像求救的呼喊。

而倾盆的大雨，如同从巨大的伤口处汩汩渗出的鲜血，亦如天空因剧烈的疼痛而泪如泉涌。

高福星感到胸口憋闷得很，开始隐隐作痛。他想，他一个人在这狂风暴雨里艰难前行，媳妇别说送把伞来，竟然连个电话都没有！人哪，难道真应了那句话：夫妻本是同林鸟，大难

临头各自飞？不过，他转念又一想，也不对呀，这么多年来，无论遇到任何险阻，媳妇不都是对他不离不弃、紧紧相随吗？

她，不是那种人啊。

大雨已经淋得他完全没有了醉意，头脑清醒得就像里面刚打扫过一样，清清爽爽，一尘不染。

他习惯性地将手伸进裤兜，一时间哑然失笑起来。

裤兜里空落落的，什么都没有。手机，一定是刚才在孔先行家喝酒的时候，放在桌子上了。他就是这样一个怪毛病，人一上桌，就要把手机掏出来。幸好也不是什么大不了的好手机，不然，人家还以为他在有意显摆呢。

说来也怪，裤兜空了，心却实了。有一阵，他边走，还边哼起了小曲。不过，你要具体说他哼的是什么，也说不上来。但精神好了，这是确凿的，甚至说心情到了愉悦的程度，也是完全没问题的。

高福星顺着水泥路朝垭口走去。亏得路面是硬化过的，不然，像他这样深一脚浅一脚地踩，又不知要翻多少个跟头了。到了垭口，再下行几百米，就是老屋了。然而水泥路至此到了头。接下去，不过是条普通的山间小道，连条毛坯的公路也没有了。

等高福星跌跌撞撞，好不容易来到一片开阔的平地，漫天雨雾中，终于看见老屋那模糊的一团，在眼前时隐时现，他又踌躇不安起来。那片小小的坳地上，一边是他魂牵梦绕、日思夜想的老屋；另一边，却住着他这辈子都不愿再见到的李如意！

现在，他要如何去面对呢？

他还是不想这个时候，在这个大雨滂沱的下午，去和李如意正面交锋。他想了想，往右一拐，上了一条更窄的田间小径。两旁，想必是李如意家种的蔬菜。有一些被雨水击打得东倒西歪，一棵棵萎靡不振，像正在生一场大病似的；有一些，虽然勉强支撑着，但根部的泥土已经被冲刷殆尽，只怕雨一停，在太阳下一曝晒，又会蔫不拉叽了。沿这条小路，可以走到老屋背后。他想，还是先去后面看看，再伺机而动吧。

先前雨本来小了些，这会儿又呼天抢地地撒起泼来。

高福星深一脚、浅一脚地往前挪着步子。越接近老屋，他越觉得有些蹊跷。具体蹊跷在哪里，一时也说不清，就是觉得，铺天盖地的雨雾中，老屋已经不像当年他离开时的模样了。

总算到了老屋背后的坡地上，再往下一看，高福星不禁倒吸了一口凉气。

他看到了什么呢？

他看到，老屋屋顶空空荡荡，连一根挑梁、一根檩子、一块椽子板也没有了。只剩下几壁斑驳的土墙，像赤身裸体的老头蜷缩在山脚，瑟缩着，颤抖着，呜呜咽咽，泪流满面，任随时光的风雨欺辱、蹂躏、践踏……

他唯一庆幸的是，当年离家的时候，把所有稍微值钱点的东西都及时处理了。也就是说，除了老屋这身皮囊，里面实在没有什么货真价实的损失。

但即便如此，那也是他的窝啊。

就算是一条狗，也离不开它赖以栖身其间的那个窝呢。

没有了任何遮蔽的窝，还算是窝吗？

正这样痛苦地思忖着，忽然觉得脚下一阵震颤，晃了几晃，还没反应过来，就见十几米开外，一棵高大粗壮的松柏，像突然被不知从哪个方向射来的子弹穿破了胸膛，没有任何挣扎，没有任何痛苦，以一种无可挽回的预势，慢慢悠悠，又毅然决然地扑了下去。

它的身子实在是太沉重了。

它的根须已经被冲刷得裸露在外，再也无力抓牢那些松软疲惫的泥土了。

然而松柏到底没有扑到地上。

它不偏不倚，像瞄准了许久似的，"轰隆"一声，重重地砸到了老屋身上！老屋，除了张开它惊恐万状的巨大嘴巴，向着渺茫的天际，向着正朝他靠拢的主人，发出痛苦而沉郁的呻吟，又能怎么样呢？

墙倒了。

斑驳的土墙，在松柏的重压之下，在本就被暴雨敲打得力不从心之时，再也无法改变既定的命运——稀里哗啦散了架。就像一个掉在崖边的人，先前还在拼命挣扎，想要爬上去，但现在，在用尽了最后一丝力气之后，只能把眼一闭，手一松，任凭身体无可挽回地坠落。

那一刻，他万念俱灭，忍不住潸然泪下。也可能这"潸然泪下"只是他的一种心境吧。即便一旁有人，也断难看得出来呢。反正雨还在不停地下，不要说他的脸，他的眼，就算他的整个人，也一直被汹涌的雨水裹挟着，冲刷着，就好像，他身上有无数的罪孽，需要一遍一遍不停清洗。

然而雨竟然就停了。

然而雨，还是没有停啊。

雨没有停，他怎么就没有了可恶的雨点击打在身上的感觉了呢？

高福星疑惑了。

高福星疑惑了，才想起他好久都没有回转身了。

高福星回转身，惊讶得半天都说不出话来。可是，他为什么一定要说话呢？他就那么木讷地站在媳妇面前，一语不发。两行热腾腾的、像蚂蚁一样快速往下爬动的泪水，顺着他的脸颊往下窜，窜到嘴角，窜到下巴，仿佛一直要窜到他的心坎里去。

媳妇一只手打着雨伞，一只手抱住他的腰身。

也是默默的，一语不发。

高福星还是没有忍住。他一把揽过媳妇，紧紧地拥在怀里。

紧紧的，仿佛要把她整个人都嵌进身体里去似的。

然后，号啕痛哭。

也不知过了多久，才抬起一双迷糊的眼，拥着李巧妹，移动着沉缓而滞涩的脚步，向上面的垭口走去。

高福星边走，边告诉自己——

老屋倒了，他不能倒。

3

　　高福星得知李如意是建卡贫困户，是在第二天。

　　第二天，他一大早就起了床。关于老屋，有很多疑问在他脑子里盘旋，搅得他一晚上都没怎么睡好。亏得回来这一路上累乏了，不然，怕是连眼都难得合一下。

　　高福星出了门，又往老屋的方向走去。

　　他想，无论如何，他都要去看个究竟。

　　雨在昨夜就停了。

　　一路上，空气清新得要命，仿佛吸一口，就能把郁积胸中的秽气全都排挤出去。山坡上，一些树木因为暴雨的袭击，还没有完全恢复元气，东倒西歪，像被锤散了架似的；一些匍匐在地，像只剩下最后一口气，还在苟延残喘。但树的生命力是如此顽强！只要它的根须还在，只要养育它的泥土还在，它最终还是会挺直腰板，重新焕发生机，昂扬于天地之间。当然，也有一些不畏风暴，继续坚挺在道路旁、山腰上，仿佛整个天塌下来，都不会受到丝毫影响。

　　高福星脚下轻盈，步子飞快。

　　他有一种明显的感觉：今天这一路过去，心情与昨天当真是有天壤之别了。这当然不止由于暴雨停息给行进带来了便利，更重要的还是因为孔先行。

　　是的，因为孔先行。

高福星怎么也不会想到，昨天，当他和媳妇离开老屋，手挽手，肩并肩，迎着狂风，顶着暴雨，爬上垭口的时候，竟与孔先行撞了个满怀！更让他意想不到的是，孔先行不在屋里躲雨，却兀自跑出来，不是去干别的什么紧要事，而是专门来找他！

孔先行说："天大的事，我们回屋再说。"

就领着他们夫妻二人，顺着来路，偏偏倒倒往家赶。

孔先行觉得把远道归来的朋友得罪了，心中有愧，才急着出来找他回去。不管怎么说，朋友归朋友，事情归事情，一码是一码，不能因为事情难办，朋友也索性不做了。然而，令他无比诧异的是，高福星从他家一进一出，前后不过两三个小时，情况却有了难以想象的变化。

高福星家的老屋倒了。

高福星家的老屋倒了，他们住哪儿呢？

经过一番激烈的思想斗争，孔先行开口了。孔先行说："还好，村里有'五保家园'。五保家园是专门给'五保户'居住的。你们不是五保户，按规定是不能在那里住的。但是——"他深深地叹了一口气，继续道，"你们现在这个样子，总要有个落脚的地方啊。我看要不这样吧……"他顿了顿，望了高福星一眼，像在斟酌，对面这个五大三粗的汉子是否会同意他的提议。他还是说了："你们跟村委签个租房合同吧。租金可以先欠着，等以后稳定下来，有了收入再给不迟。"

高福星没有说什么。

他能说什么呢？村里能安排个地方给他安身，已经相当不错了。

晚上，他和媳妇就住进了"五保家园"。

高福星的好心情，也不单单是因为住处有了着落，不用担心夜里只能在别人家的屋檐下遮风避雨了，还因为，他对孔先行有了更为深切的感念——朋友还是朋友，朋友并没有丢失。

很多时候，这恐怕是比老屋更为珍贵的吧。

高福星再次见到老屋，心情平静了许多。

老屋倒了，这是不可挽回的事实。既然不可挽回，那就只能面对。现在，他心中更难以释怀的，不是老屋的坍塌，而是老屋为什么会坍塌？你可能会说，老屋不是被松柏砸垮的吗？

老屋是被松柏砸垮的，这不假。

可是，为什么老屋在被松柏砸垮之前，连个屋顶都没有了呢？在此之前，到底发生了什么？老屋，到底碰到了什么无法言说的遭遇？如果老屋的屋顶还在，墙体就会得到保护，不会长年累月裸露着，被风雨所侵蚀。就算松柏砸下来，也不会成为压垮它的最后一根稻草。顶多受点损，修补一下，大约还是能住进去的。

他有一种隐约的预感。

他必须做好发生任何正面冲突的准备。

到了近前，才发现李如意家竟还大门紧闭。想必昨天才下过一场暴雨，反正不好出门去侍弄庄稼，不如窝在家里好好睡个懒觉吧。

他壮着胆，往前凑了凑。

大门旁边的土墙上有个标识牌，以表格的形式呈现在眼前。他匆匆瞥了一眼，大部分内容都没什么兴趣，但有一行关键信息还是引起了他的注意——

户主姓名：李如意。

人员类别一栏有三个选项：建卡贫困户、低保户、农村分散供养特困人员。在"建卡贫困户"选项后面的方框里，用手写体打了个勾。

毋庸置疑，李如意是贫困户。这与他先前的预料完全一致。

这与他十几年前对李如意这个人的认知，也完全一致。像他那种人，最终是不可能有什么大的出息的。刚想到这儿，又觉得一阵脸红，还好意思嘲笑别人，你自己也过得不咋地呀。现在不是像逃难一样回村里来了吗？甚至你连人家还不如呢！人家现在是名正言顺的建卡贫困户，有国家的各项扶贫政策帮扶。你呢？你现在连个贫困户都不是啊。

想到这儿，又是一番难言的感慨。真的是世事变迁，时代不同啊，到底从什么时候开始，"贫困户"都成了一种攀比的资本呢？

高福星黯然地侧过身，边走，边心生出另一个疑问。当年他带着李巧妹逃出村子的时候，李如意的父亲还在。现在呢？是不是已经不在了？如果还在的话，那么户主的姓名不是应该写他父亲的吗？毕竟没有分家，他父亲才是一家之主呀。

高福星来到老屋跟前，鼻头又是好一阵发酸。那棵巨大的松柏像一根无情的钢刺，刺穿老屋苍老而可怜巴巴的躯体。不，不是钢刺！钢刺都显得轻描淡写了些，应该是一颗从天而降的炸弹！不但用重力压垮了墙体，还以爆炸般的冲击力，向四面发散，以至于，有些墙体虽然还没有完全垮掉，却也面目全非了。

他找遍了屋基上的旮旯角落，确实没有找到一截像样的木料，甚至拌桶，甚至饭桌，甚至床，凡是有点像样的家什，都像凭空消失了一般，完全没了踪影。这是不是说，在他离开的这十几年，家里虽然已经没有了什么值钱的东西，但还是被人洗劫了一番呢？

答案几乎是肯定的！

因为没有一样东西，可以像他和媳妇，自己长了腿脚往外跑。那么做这缺德事的人到底是谁呢？

高福星首先想到了李如意。

李如意是最有动机的那个人。想想啊，他对我高福星可是恨之入骨呢，怕是一天到晚都在幻想着，只要再见到这个人，一定要生吞活剥了他！但终究见不到这个人，满肚子的怨气，不往老屋身上撒，又往哪里撒呢？退一万步说，就算罪魁祸首不是他，他也一定知道这个罪魁祸首到底是谁。因为，要把屋里的拌桶、饭桌、床搬离，还要把屋顶的挑梁、檩子、椽子板全撤下来，一根不剩地运走，还没有机械工具可用，全得靠人力，那得搞出多大的动静，费多大的周章啊，怎么说也不是一时半会儿就能完成的"任务"。李如意就住在不远处，他怎么可能对身边正在发生的事，一点都没有知觉呢？

但所有这些都只是猜测，到底没有确凿的证据。

高福星越想越窝火。他想去质问李如意，可是，明明不会得到答案的质问，问了又有什么用呢？简直连想都不用想，李如意的回答一定是"不是我"，或者"不知道"，更糟糕的情形还可能是，他根本不理会这些没用的质问，而是直接跟他干起来！

你不找他说事，他都憋着火气没处发呢，现在你主动去找碴儿，不是"干柴遇烈火，一点就着"吗？

说来说去，难道这口气就这么硬生生自己吞了？

高福星当然不甘心。

正在寻思着怎么解决这件事，就听到那边有人吆喝了一声："有人在吗？"半晌，才听到一个沙哑、沉闷的声音答道："谁呀？"

"是县里来的同志，过来看看你！"高福星心中咯噔一下，原来是孔先行带人来了。

又过了好一会儿，才听到"吱嘎"一声响，门开了。

接着就是一阵窸窸窣窣的声音，像脚步在移动，又像有椅子在拖拽，其间还夹杂着零零落落的说话声。

高福星忍不住心中的好奇，想去看个究竟。就闪出断墙，往李如意家的屋檐下慢慢靠拢。

"老哥，现在日子好过些了吧？"应该是县里来的同志在问话。

高福星心想，李如意四十都还不到呢，听声音，说话的同志也不比他小多少，怎么就"老哥老哥"地叫呢？又一想，也是，农村人嘛，面相总要催老些，有些人实际年龄不大，看起来，却真正像个老人似的。

"好多了！好多了！多亏有你们这些同志帮忙。"李如意边回答，边咳嗽了两声，像喉咙里有痰，咳不出来似的。

"不是因为我们帮忙。"县里来的同志纠正道，"是国家政策好嘛。"看李如意在咳嗽，又关切地问道，"怎么，老哥感冒了吗？"

李如意忙答道："不碍事！不碍事！昨天下了场大雨，可能是晚上受了点凉。一会儿就好了。"

"生病了就得治。怎么能拖呢？"就听到他对一旁的孔先行说，"要跟村卫生室联系。不能一点小病越拖越狠。"

又听里面寒暄了一阵。无非是问问今年庄稼收成如何啦，家畜养得怎么样啦，现在家里只有一个劳动力，够不够用啦，孩子到了读书的年龄，去泥溪小学又有这么远的路程，到时候准备怎么安排啦。后面又说到，对村里的扶贫措施，有什么意见啦，对帮扶人的帮扶，满不满意啦……

高福星边听，边帮着李如意在心中暗自回答。庄稼，现在还有多少人在种庄稼啊，田地都满山满野、大片大片地荒着呢。要种，也无非是种点蔬菜自己吃。家畜养得应该不少。现在的农村人，年轻点的，几乎都跑到山外的花花世界闯荡去了，留下来的，大都是些老弱病残幼，不靠养点猪啊牛啊，或者鸡啊鸭地赚些钱，真要花大力气种庄稼，既没有那个精力，也不比养牲畜好赚钱呢。当然，有些问题也不是他所能回答的。比如孩子读书的问题怎么解决，比如对帮扶人的帮扶满不满意……这些问题中，他特别留意到，说李如意家现在只有他一个劳动力，这是什么意思呢？他又想到了先前看到的那个标识牌，户主标明是李如意——他的父亲的确已经不在了吗？还有，既然他的孩子快到了读书的年龄，那么，孩子的妈妈呢？妈妈不也是一个劳动力吗？难道，妈妈也外出打工去了？可是，这与常理不符啊。一般来说，就算家里必须有一个人去外面打工，也多半是男的出去，女的则要留下来看家带孩子。

然后就听到里面开始告辞。先是把带来的东西，大包小包地重新从地上提起来，堆到桌上去，接着县里来的同志又说："这是五百块钱，你先拿着。以后有什么困难，我们再一起想办法解决。"说着，人已经到门口。

高福星正要退回残破不堪的老屋去，却听到身后猛地传来一声断喝："不许动！举起手来！"

声音清脆而稚嫩。

高福星还是吓了一大跳，愣在那里，半天缓不过神来。

终于回转身，却见一个半人高的小孩，雄赳赳、气昂昂地立在眼前，手里端着一把"枪"——其实就是半截木块，做成了枪一样的形状，指着他的腰间，威风凛凛地注视着他。仿佛他的一举一动，全在小孩的掌控之中。

高福星没见过这个孩子，但他立马就意识到，这是李如意的儿子。

李如意本来还在屋里，听到儿子的叫喊，几个大步就从县里的同志身旁走过，到了屋外，完全不像个生病的人。见到高福星，先是怔了怔，很快反应过来，顺手操起屋檐下的蒿刨，不由分说，追打过来，嘴里不忘恨恨地道："偷走老子妹妹不说，还想来偷老子命根啊！"

4

李巧妹是李如意的妹妹。

李巧妹是被高福星"偷"走的。

所以，在李如意的眼中，高福星就是个贼，是个十恶不赦的混蛋。对贼，对混蛋，怎么能客气呢？用篙刨追打算是给足面子了，只恨手里没斧头，没菜刀，没枪，没炮呢，要不然，把这千刀万剐的直接剁成肉酱，那才叫解恨呢。

问题是，两家本来是邻居，为什么高福星对李巧妹不能明媒正娶，非要用"偷"的方式一走了之呢？而且，李巧妹是多大个人了，她跟着李如意逃出山外的时候，都过了十八呢，高福星怎么可能像偷东西那样，扔进包里就"顺"走了？她如果不愿意，想来这事打死也成不了。

也就是说，李巧妹应该是自愿被"偷"走的。

她和高福星，一个愿"偷"，一个愿"被偷"。

唯一不愿意的，就是李如意。"李如意"这个名字，是他父亲给取的。他父亲像所有传统农民那样，一辈子挖泥奔土，从来没有"如意"过，所以就把希望寄托在儿子身上，不求大富大贵，只求事事如意。

那妹妹的终身大事，终究是妹妹的事，当哥哥的为什么要反对呢？当哥哥的反对，为什么又具有如此巨大的效力，简直就像一座大山横亘在高福星和李巧妹中间呢？

要回答这些问题，不是三两句话就能说清的，需要花时间慢慢道来。

可是现在，李如意像头发狂的公牛，在地坝上东奔西突，玩命似的对高福星穷追猛打，不给对方丝毫喘息的机会。众人哪还有时间和心情管那么多！当务之急，是要赶紧将这一对老冤家分开。一开始，大家都慌了神，谁也没料到，事情会出现这么戏剧性的变化。县里的同志呆立在原地，不知如何是好，先是瞪大一双惊恐的眼睛，继而像突然缓过神来，大声叫嚷："快住手！快住手！"

李如意打红了眼，哪里住得了手。甚至，他的耳边除了呼呼的风声，再没有别的声音了。孔先行好几次试图上去把他手里的篙刨抢过来，最后都没得手。

还有那个小孩。

事情的发展也完全出乎孩子的预料。

他以为，他只是跟这个蹑手蹑脚的家伙玩一场猫捉老鼠的游戏呢。他以为，这个家伙一定会举起双手，像个真正的手下败将那样，抖抖索索地转过身来，然后，向他讨好似的吐着舌头，做着鬼脸，逗得他哈哈大笑呢。

他完全没有想到，他的父亲会突然插进这个游戏中。而且看样子，他根本不是在游戏！他是把那个蹑手蹑脚的家伙当成了战场上的真正敌人！

还是孔先行果断些，他不能让这场闹剧无休止地在县里的同志面前上演。他不管那么多了，也像一头发狂的公牛似的，飞快向李如意的背后跑去。然后，像箍黄桶一样一把将李如意的腰抱住，无论李如意如何乱蹦乱弹，死活不放手！

高福星得到喘息的机会。

他没有发起反攻。

他想他不能再在县里的同志和孔支书面前丢人现眼了。一溜烟，真的就像一缕青烟似的，飘到了屋后面。小孩跟着跑了过去，远远地想探个究竟，却再见不到那个人。

高福星一路奔逃，很快就到了"五保家园"。虽然惊魂未定，人累得就快像狗一样趴在地上了，但总算没受什么伤。背上固然挨了几下，终归只是竹篙，不是棍棒，杀伤力是大大减弱了。他本来身板就硬朗，挨那么几下，就跟挠痒痒似的。

然而孔先行就不同了。

孔先行是何等瘦小，何等虚弱啊。他跑过去，用尽全力，把狂怒中的李如意紧紧箍住，却不承想，李如意杀昏了头，也不管抱住的是谁，将手里的篙刨猛地向后一戳，就听到孔先行"啊"的一声尖叫，很快松开箍住李如意腰的那双手，捂住腹部，痛苦地呻吟着。

李如意这才发现自己闯了祸，赶紧扔掉篙刨，蹲下身来，急切地问："孔支书，是我伤着你了吧？"见对方摇摇头，并不回答，又问，"伤着哪里了？狠不狠？"同行的村干部端来一只板凳，让孔先行坐下。

再看李如意，却是满头大汗、精神十足的样子，哪还像个生了病的人！连他自己也觉得，这追来打去闹了半天，一身汗一出，也不咳嗽了，也不头痛了，神清气爽得要命。

孔先行顺过气来，对李如意说："不关你事，是我自己有病。"

孔先行这话倒不是抵触，他是真有病，是胰腺炎。去年还去县医院检查过，医生开了些药，嘱咐他平时注意饮食，不要喝酒，不要吃辛辣食物。特别是心情，不要急，不要气，保持平和最重要。如果不注意，可能会引起病情恶化。孔先行嘴上答应"好！好！好！"心里却道："医生啊，你是没做过基层工作，不要急，不要气，话说起来容易，真做起来，难啊。就说最近的扶贫工作吧，都是些牵扯到村民切身利益的事，政策稍微把握不准，或者执行政策时哪怕有一点点偏差，都可能引起群众不满。动静小点，吵几句就算了；闹大了，卷起铺盖卷就跑去上访。你说你不急，不气，除非是神仙才做得到。更烦人的是，就算你工作中没有任何差错，完全按政策办事，还是会有人不满，要么说你冷酷无情，都是一个村的，抬头不见低头见，何必搞得那么生分？要么说你当面一套，背后一套，表面看好像大公无私，背地里不知搞了多少徇私舞弊的小九九呢。"

总之，但凡你手里有一点权力，就没有人相信，你不会为权力窝藏点私心。你能说什么呢？你什么都不能说。你一说，就越描越黑了。你一说，就此地无银三百两了。

你唯一能做的，就是"做"。

埋头苦干，做出个样子来。

做出个样子来，群众就认可你了。

群众认可你了，满头青丝也就成了满头白发了。

孔先行歇了一阵，好在没什么大碍，一行人就此散去。

然而，这天的事，其他人散去也就散去了，孔先行却不能。他是支书，好比一家之长，家里人发生矛盾，关系不和谐，他不可能不管不问。且不说这本来就是本职工作之一，单从他也是这个大家庭里的一员，他也不愿看到同一个屋檐下，三天两头，不是吵就是闹。更何况，高福星才刚刚回来，一回来，老屋就倒了；一回来，话还没对上一句呢，就被邻居撺得鸡飞狗跳，怎么说，他也有些看不下去了。

他就寻思，必须要找个合适的时机，把双方叫到一起来。有长说长，有短说短。心中的疙瘩不解开，指不定就是颗定时炸弹，哪天冒出个火星，又要"砰"的一声炸开了。

矛盾不化解，这以后的日子还怎么过啊？

又想，这种事还不能拖。拖来拖去，火势可能就在这"拖"的间隙暗自旺起来，到时候再想收场，怕是越发不容易了。

高福星和李如意被叫到村办公室，是在三天以后的那个下午。头三天，孔先行一是在等腹部的痛感减弱，说话才不吃力，他是调解人，要说的话肯定不会少；二是到了年末岁尾，各项工作都到了该总结的时候，特别是扶贫这一块，头绪多，任务重，上面追得急，群众疏导难，还有很多的报表、很多的材料都等着整理，等着签字，等着上报。

但他还是按计划把两家人叫到了一起。说是两家人，其实就是高福星和李如意两个。高福星本来是打算把媳妇一块叫上的，但孔先行还有另外的安排，说李巧妹暂时就不来了。至于李如意的孩子，大人之间的事跟他也没什么关系，就算有关系，他现在也听不懂，搅和到一起，反倒不便。

许是上次把孔支书误伤了，有些愧意，不好再过分，李如意虽然依旧怒气难消，但明显克制了许多。见到高福星，只是瞪着双红得像要喷血的牛眼睛，嘴巴闭得很紧，仿佛用了很大的劲在努力憋着，怕一开口，就会把对方吞下去，却并无多话。

高福星看起来面无表情，其实内心里却暗潮汹涌。他对李如意所抱的情感是很复杂的。一方面，他对李如意充满了恨意，但这恨，又不是他和李如意之间直接产生的，更多地，是因为李巧妹对她哥怀抱深切的恨，他也就跟着一起恨了；另一方面，他又对李如意有一种隐隐的歉疚感，他总是朴素地认为，说一千，道一万，李巧妹确实是他带走的，而且一走就是十几年。这个事实是无论如何都推脱不掉的。所以当李如意举着篙刨追打他的时候，他不是不能还手。凭他的身板，要撂倒一个李如意，不说易如反掌，至少不是一件难事。

他不还手，是因为他不能理直气壮地还手。

他毕竟不是李巧妹。

如果是李巧妹，就可以放开手来，哪怕拼了命，也要毫不示弱。

可是，果真是李巧妹，她真的就会还手吗？

也不一定。说到底，她从来都是个孱弱的女人，是个逆来顺受的女人，是个哪怕别人打她一拳，她也只把苦水和着血水，默默吞进肚子里去的女人。

想当年，如果不是他高福星怂恿，如果不是他高福星带头，她又怎么可能勇敢地同命运抗争呢？

这些都不说了。

现在，孔支书就坐在对面。他准备说什么呢？

孔先行说："把你们叫来，无非就是当面把话说穿。话说穿了，气就散了。后面的日子，该怎么过就怎么过。"

两个人都默不作声。

孔先行又说："哪怕有天大的仇怨，都是过去的事了。眼光还得往前看。"

李如意瓮头瓮脑开口了，说："哪有这么简单的事？我每天从床上一醒来，眼前就是他们造的孽。有时候在梦里都恨不能杀了他们！怎么可能说算就算了？"

孔先行说："那你觉得要怎么样才行呢？要不，我递给你一把刀，你现在就把他捅了？"接着话锋一转，又说，"果真这样，你倒是舒服了，解气了。可你想过你的孩子吗？他呢？他还那么小，他怎么办？"

李如意又闷在那里不言语了，好半天，才嘀咕出一句："反正不能就这么算了。"

　　高福星本来想下个矮桩，说几句软人心的话，见李如意不松口，又一想，凭什么呢？从前，李巧妹受的委屈还少吗？现在他倒像个要账的，仿佛我们欠了他多少似的。事实是什么？事实是，他李如意欠李巧妹的，不知要比我们欠他的多多少呢！

　　于是，高福星也横下一条心。敌动我动，敌不动我不动。这场硬仗，哪怕拼了老命，也要打下去！

　　孔先行见眼前的两根硬骨头都不好啃，想了想，又说："再怎么说，你们两个也是打断骨头连着筋，一个是大舅子，一个是妹夫，关系都摆在那里呢。我看就各打五十大板，长草短草一把挽倒。"

　　李如意鼻子里哼哼两声，十分抵触地说："我没有妹夫！就算有，也是个野的！"

　　高福星实在忍不住，想要发作。

　　孔先行不停往这边使眼色，意思是，别开口，别搅和。转脸对李如意说："你这是气话，我知道。这么说吧，你不为福星着想，也要为你妹妹想一想吧？说来说去，还是一家人嘛。"

　　"她都没把我当哥，我为什么要把她当妹？"李如意气呼呼地说。

　　孔先行眼看打亲情牌这一招不管用，只好换种说法，道："就算你不把她当妹，也不把福星当妹夫。可人家终归是我们村的人吧？我们村，哪个不知道你如意是个心善的人？就为这，你也应该原谅他们不是？"

　　孔先行好话歹话说了一大堆，李如意就是四季豆不进油盐，怎么说也不听。当然，也不能说孔支书的解劝一点作用也没有。李如意虽然嘴上依旧不饶人，但说话的语气明显没有先前那么冲了；虽然看高福星的眼神，依旧是鼓起两个"二瞳"，但毕竟没有刚见面时那般凶了。

也是，十几年的仇怨，想在一两个小时内就解决掉，怎么可能？

孔先行有些疲惫了，腹部又开始隐隐作痛。

他还想做最后一丝努力。

孔先行说："我们也不把他们当作亲人，也不把他们当作村里人，我们就把他们当作人呢。现在，他们回来连个落脚的地方都没有。是人，都会心生怜悯……"

高福星鼻头开始发酸。

而李如意还没等孔先行说完，就嚷嚷起来："孔支书，你这话说得就不对了！你的意思是，我不是人？他们回来没有个落脚的地方？那我还听说你安排他们住在'五保家园'呢！他们是五保户吗？我们村，哪个不知道你和他从小玩得好？有人说，你这是利用职权徇私情呢！"

5

孔先行没想到一片好心，却被当成了驴肝肺。调解不成，反倒搭火烧铺盖，把自己也扯进了旋涡之中。但他毕竟是支书，不跟普通村民一般见识，更何况，李如意还是贫困户呢。对待贫困户，不就是要宽容，要理解，要帮助，要有更多的耐心吗？

所以孔先行也没把李如意阴阳怪气的指摘当回事。

他为什么要当回事呢？他可是公事公办，跟高福星签了租房合同呢。这事随便拿到哪儿去说，他都心不慌，理不亏。

倒是高福星特别不好意思，觉得给孔先行添了乱，让他既不好做工作，也不好做人。毕竟，他和媳妇住在五保家园，钱还一分没给呢。等孔先行说"今天就这样吧"，他就故意磨蹭，让李如意先走。

李如意一走，他就对孔先行说："我不会让你太为难的。我不是五保户，住在五保家园确实不合适。我会想办法，尽快搬走的。"孔先行费尽口舌说了半天，不但没起太大作用，还被无端指责了一回，情绪有些低落，现在听高福星这样一说，心情又好了不少。倒不是因为高福星说要搬走，主动给他解套，而是他觉得，好歹不是两头受气，总还有一头没堵上，气还是顺的。叹口气，心想，还是在外面跑过的人，心胸豁达些。又想，他要搬，能搬到哪儿去呢？

但他不打算深究这些细枝末节的问题了。

他是一村之主，要思考的问题已经够多了，这些就留待高福星自己去思考，去解决吧。但是，居住的事可以让他自己去想办法，其他呢？比如说，从今往后他和李巧妹总要生活，总要有收入来源啊。也就是说，他们既然已经回来了，那总得干点什么事才能维持生计呀。高福星已经告诉过他，在浙江，他欠了一屁股债，实在没办法，才回村里来的。回来本来是想沾点扶贫政策的好处，先把日子过下去，等缓过气来再慢慢挣钱还债。可如今，政策好处的边都没沾上，连唯一的栖身之所——老屋也倒了，真是人不走运，样样不顺啦。孔先行有时候也会产生困惑，要说国家政策的确是好，帮无数的农民脱了贫，甚至致了富，但为什么像高福星这样确实有困难的人，就不能得到政策的恩惠呢？比如说，村里帮好多符合条件的人家都建了新房，这些条件包括：必须是唯一住房，必须是D级危房，必须是生活比较困难的家庭。那可都是国家投入的大量真金白银呀，可是高福星就不能享受这个政策，其他姑且不说，只因"不是村里的常住人口"，就把他卡在门外了。他是本村村民不假，可他常年在外，十几年没回来，怎么能算常住人口呢？

孔先行想帮他，也是心有余而力不足啊。

可他和媳妇两个，总要活命啊。好在他们还没有孩子，不然，真不知道这日子该怎么过。想到这里，孔先行忽然有一种冲动。这冲动十分冒险，但细细一琢磨，冒这个险，似乎又值得。

于是，孔先行说："走，到我家里去说。"

到了家。孔先行媳妇一早到坡上去了，还没回来。孔先行让高福星在堂屋等着，自己则去了里间。不一会儿，手里拿着个砖头形状的东西出来，外面用报纸裹得严严实实，活像个什么宝贝似的。

孔先行将"砖头"搁在桌上，然后，一层一层把裹在外面的报纸展开。高福星没有细数，但印象中至少也有三层吧。等最后一层报纸打开，高福星却瞬间惊愕了。

那是钱！

那是一叠货真价实的钱！

那是码得平平展展、厚厚实实的钱！

高福星不知道孔支书为什么要把这么多钱摆在他面前。

孔先行语气平静，但绝对沉稳有力地说："这是三万块钱！本来是准备帮儿子在重庆买房付首付用的。"他一只手指着桌上，一只手按着高福星的肩头——高福星就觉得，肩上仿佛压了千钧之力。孔先行接着说："我又一想，三万块钱帮儿子付首付，也起不了太大作用。"脸上渐渐有了活泛之色，有点像开玩笑似的，"还不如用来做点投资，说不定赚了钱，帮儿子付首付就更容易了。"又像有什么东西没交代清楚，补充道："当然了，如果能赚钱，这就是投资款。假如赚不了钱，就算是我借给你的吧。"

高福星这下明白了一大半，孔支书这是要帮自己，救自己于水深火热之中啊。果然是好兄弟！十几年前的交情算没有白费。可他还是有不明白的地方。既然孔支书这么信任自己，他也不能藏着掖着，必须打开天窗说亮话。他说："先行，我什么都没说呢，你怎么就认为我一定会做事呢？"孔先行笑一笑，回道："你不做事，怎么活？你是在外面闯荡过的人，不会消停多久的。我知道！"

"可我失败了！"

"可你也成功过！"

"可你怎么保证我就不会再失败？"

"失败了也没关系。失败了，钱就算是我借给你的。"言下之意，他孔先行早把算盘打好了，高福星不必担心欠下这个人情。

高福星知道这是宽慰他的话。

高福星还是被这话逗乐了，忍不住笑起来。

可是笑着笑着，就觉得眼里笑出了泪花。

笑着笑着，就觉得心里又冒出了苦水。

苦水一上来，他就想，什么时候，才能苦尽甘来呀。

高福星回到五保家园，心情大好。他从浙江跑回来，是想沾点扶贫政策的雨露。人，不都有那么点小心思吗？但自己不符合条件，也不能怨天尤人啦。他的最终目的，不是"逃难"，"逃难"只是权宜之计，他是要东山再起啊。

不能再起，欠的那些债怎么还？

不能再起，这张脸还能往哪儿搁？

不能再起，他当初给媳妇许下的美好诺言，又怎么实现呢？

但是现在这些都不是最重要的。

最重要的事，孔支书已经在他离开之前交代过了。

他要不折不扣，将孔支书的交代贯彻执行！

所以，当他见到李巧妹，并没有欣喜若狂地抱住她，在她脸上一顿狂吻乱亲，然后破着喉咙，大声喊叫"我们有钱啦，我们有钱啦"，而是轻轻牵过她的手，温柔地说："现在该你出马了。"

李巧妹刚开始并不愿意，她面浅。但又一想，人都回来了，迟早要面对，不可能躲一辈子的。既然是孔支书出的主意，好歹也要试一试。于是，高福星去镇上打了十斤高粱酒——他们都知道李如意好这一口，交予李巧妹。

李巧妹到了李如意家地坝边——这里也曾是她的家啊，还没来得及感慨，正好碰见李如意在打扫地坝。他还是这个习惯，虽然家也就是那么个样，但爱干净这一点，在村里却是出了名的。也许，这就是所谓的"洁癖"吧。但他自己并没有这种意识，他甚至不知道世界上还有"洁癖"这个词。他只是本能地，看到地上屙了一坨鸡屎，或者风吹下来几片枯叶，甚至只是桌上掉了颗饭粒，他都心里不舒服，必除之而后快。这些年，虽然家徒四壁，一件像样的家什都没有，但不管谁来家里，都会啧啧赞叹："果然是个爱干净的人！"

李巧妹想要叫声"哥"，可话到嘴边，喉咙却像卡了根刺，怎么也叫不出来。她只好故意把称谓省略，装着很平常的样子，说："这么早就在忙啦？"李如意吓了一跳，他正在边扫地坝，边寻思孩子明年读书的事。抬眼一看，虽然十几年没见，但还是一眼就认出了这个女人是谁。他连哼都没哼一声，继续弯下腰，低着眉，只管扫他的地，就好像根本没看见对方似的。李巧妹尴尬得不行，进也不是，退也不是，手里的十斤高粱酒像石头一样沉重，想要放下来，觉得不妥，可一直拎着，更受不了。无奈，只能厚着脸皮，又搭讪道："爸呢？怎么没见人？"

这时，李如意总算拿正眼看她了。但这是怎样的"正眼"呢？简直就是一副凶神恶煞的样子嘛，眼睛鼓得都快从眼眶里滚出来了，脸上的肉不停抽搐，像扔进开水锅里翻滚腾跃一样，只怕再跳上一会儿，脸皮就会稀烂，直往下垮掉了。就听恶狠狠地说："爸？你还记得爸？等你去了阴间，再去关家吧！"

怎么也不敢相信自己的耳朵。

，这是她万万没有想到的。

的是，老人不在了，李如意居然连个信都不

带一个！不过，这事也不能全怪他。就算他想要通知他们，他也没有他们的联系方式呀。

不过，话说回来，就算他可以联系到，他真的就会联系吗？

他与他们之间的一切，真的会因为老人的离去就一笔勾销了吗？

李巧妹强忍住即将夺眶而出的眼泪，把沉甸甸的高粱酒搁到屋门前，转过身，疾步如飞地离去。两行热泪滚滚而下。还没等到将满腔的悲伤情绪彻底释放，就听到身后传来"砰"的一声，沉闷又响亮。

李巧妹看都不用回身看，她知道那是酒壶被扔到地上的声音。随着那声音一起传来的，还有一个孩童稚嫩的问话——

"老汉儿，那个女的是谁呀？"

6

半个月以后，一辆大型挖掘机开进了村里，开到了垭口上，引来不少人的围观。孔先行自然也被惊动了。他不知道发生了什么事，风急火燎地赶过去看个究竟。

到了垭口，才发现高福星果然在那里。

孔先行说："你这是在干什么？"

高福星满脸堆笑，十分开心的样子，说："修路啊。"

"修路？"孔先行却满脸狐疑，完全不明白高福星打的什么主意。

"是啊，修路！"在得到高福星肯定回答后，孔先行有点不高兴了，埋怨道："修路这么大的事，怎么不跟村里打声招呼呢？"

高福星说："我以为跟这条路上的几户人家说妥就行了呢。反正也不占什么集体林地，几家人商量好了，说干就干了。你一天到晚也忙得很，就没来打扰你。"

这种情况下，孔先行也不好再说什么了。可心中还是有怨气，想：我好心好意拿钱给你，是让你做点正经事，现在做什么事还八字没有一撇，却修起路来。钱花光了，真要做起事来，又怎么办呢？

高福星像看穿了他的心思，笑笑说："你放心，你投的钱，我不会乱用的。"那边挖掘机"突突突"地响得厉害，他把孔先行拉到稍远一点的地方，继续说，"我和媳妇商量了一下，还是打算重操旧业，搞养殖。毕竟以前在外面做习惯了，可能会少走些弯路。只不过，我需要吸取教训，多花些精力好好钻研一下怎么防瘟疫，不然又可能竹篮打水一场空。既然决定搞养殖，我肯定得把路修好。牲畜养得再好，拉不出去也是白搭。"

孔先行觉得他说得也有道理，心中释然了许多，问道："你把路修到老屋，是打算在那儿搞养殖？"

高福星呵呵一笑，应道："不去那儿，我又能去哪儿呢？"又若有所思地说，"我也知道，在那儿搞，肯定不会很顺利，肯定会碰到这样那样的问题。"他想到了李如意，想到李如意决不会轻易顺他的意，但还是坚定地说，"不管碰到什么样的问题，那是我的家。我有理由回到那儿去！谁也不能把我怎么样！"

孔先行这才想起，高福星先前跟他提到，他会尽快想办法搬离"五保家园"，当时不知道他到底能搬到哪儿去，现在才明白，他是要回老屋去啊。

"可是，你把钱都用到修路上面了，还有余钱搞养殖吗？"孔先行还是不太放心，追问道。

"这个我算过了，从垭口到老屋，也才五百米左右。如果挖掘机不误工，半个月就能完成。算下来，也就大概三万块钱。"话还没说完呢，孔先行就急了，"三万块？那不是把我拿给你的钱全花光了吗？"下面的话，他没好明说，意思高福星当然听得明白：他孔先行本来是同情他，看在多年前的交情上才搭手帮他一把。可是现在修路就把钱用光了，那后面怎么办呢？搞养殖，不管是养猪还是养牛，不都得投钱吗？

投钱，钱又从哪里来呢？

高福星又笑了笑，说："这个你就不必担心啦。修路的钱，我没花多少！"心想：我在外打拼那么多年，这点轻重还分不清？就算再笨，我也要把买猪仔的钱留着啊。

是的，买猪仔。

他已经决定要从养猪开始了。

至于修路的钱，就像他所说的，确实也没花多少。

这到底是为什么呢？

这当然要归功于他那三寸不烂之舌。他在外面跑了十几年，从身无分文的穷小子，到众人心目中仰慕的对象，没几把刷子，可能吗？虽然现在像关老爷一样败走了麦城，可在许多村民眼里，他还是个地道的人物呢。尽管人们不明白，为什么传说中的成功人士会回到村里，住进五保家园，甚至还有人因此而风言风语、幸灾乐祸，或冷眼旁观，但更多的人还是选择相信他。常言道："瘦死的骆驼比马大。"更何况这骆驼还没死呢。

事实上，对修路这件事，沿线的四户人家没有一户说不同意的。涉及的地也好，田也好，本来也没人种，大都荒废着，用来修路，当然是好事呀。以后从镇上回来，打个摩的直接就到家门口，即便走路，也要比走山路方便许多。摔个跤，顶多就是倒在公路上，不用担心像以前那样，一个不小心还可能滑到外面的田地里去。那高度，说高不高，说矮不矮，真下去了，不说伤筋动骨，至少也要把人吓个半死。逢年过节，年轻人从外面打工回来，大包小包，搞得跟搬家似的，虽然离家并不远，人却累得跟夏天院坝里的哈巴狗一样。如果把公路修好，一切就都好了。以前那样的力气活，自然省掉了。

即便在各家如何出钱这个问题上，高福星也没动太大的脑筋。

先说李如意。高福星压根儿就没去跟他说修路这件事。他知道，就算说也是白说，不碰钉子，也得碰一鼻子灰。这个天底下，就算再好的事，只要是他高福星提出来，那个姓李的就决不会说一个"好"字。但这并不会影响高福星的修路计划。他们是邻居，只要路通到了高福星家门前，那自然也就通到了李如意家门前。也就是说，高福星把李如意完全忽略了，就当他是空气。如果不这样又能怎么样呢？李如意是建卡贫困户，他就算同意出钱来分摊，也只是一句空话，不可能有那个能力。

中间两户更好说，一户是退伍军人，虽然双腿残疾，一天到晚坐在轮椅里，但毕竟是从队伍上回来的，深明大义，一提起修路，就表态全力支持：这是好事啊，对大家都有好处。虽然老两口日子过得紧巴巴，但儿子在工地当钻孔师傅，一个月收入近万元，负担不是很重；一个女儿在广州打工，原来的老公是广州本地人，虽然后来离了婚，但分到了一笔数目不菲的家产，在村里人眼中，也算有钱人了。

只剩下靠近垭口那户，就是小时候老喜欢欺负孔先行的那个癞头。癞头成了年，还是没改掉好吃懒做的坏毛病，后来父母双亡，又摊上个患精神病的弟弟，家庭状况变得越来越糟糕。两兄弟都是四十好几的人了，还是单身，连媳妇在哪个方向都不知道。弟弟原先也还好，只因为十几岁时生了场病，损伤了大脑，从此就有些痴痴呆呆，与人交流变得十分困难，更别说去劳动生产了。说白了就是废人一个。好在国家政策好，弟弟被鉴定为精神残疾二级，村里又将他纳入五保户，一个月有九百一十元的补助。癞头就以照顾弟弟为名，也不跟着村里人去外面打工讨生活，也不在家劳动生产自食其力，只知道"帮"弟弟抱着每个月那几百块钱的存折过日子。这两年村里考虑到他家的实际情况，因为癞头是贫困户，又给他安排了一个公益性岗位，主要就是把村里的水泥公路打扫打扫，一年下来，也有四千八百元的收入。也就是说，如果单单是养活他们兄弟俩，这每个月一千多元，已经足够了。

可是，这样的两兄弟，谁还能指望他们出钱来修路呢？

所以最后的结果是，修路所需的三万元，就由高福星和另外家庭条件比较好的两户来分摊，每家各出一万元。

路修好了，高福星没有半刻歇息，立马着手开始建猪舍。老屋前面虽然还有一大片空地，但他不打算现在就利用，他还有更长远的规划。

他把猪舍的位置选在了老屋地基上。

老屋地基是现成的，不用重新平场，可以节约资金。清理断壁残垣，顶多就是费点人力。力气嘛，对于他来说，简直就是小菜一碟。

场地清理出来，李如意以为邻居又要建新房了，心想，这家伙果真心术不正，刚回来时，听说还要求村里把他评为贫困户，不就是想占国家便宜嘛？结果呢？修公路有钱，建新房也有钱，哪有一点贫困的样子？明明就是装穷嘛。他站在地坝边，使劲擤一把鼻涕，顺手朝那边甩过去。虽然隔得远远的，但意念中，仿佛那鼻涕会张开翅膀，悠悠地落到那家的屋基上去一样。

这个动作，丝毫没有引起他内心的愧意。

他是个爱干净的人。可是，他爱的是自家的干净，至于别人特别是仇人，干不干净，跟他又有什么关系呢？甚至，越脏，他还越高兴呢。就是要脏死他！臭死他！让他们一辈子没好日子过，那才好呢。

他在心里诅咒了一阵，昂首挺胸，回到屋里。

建猪舍的材料几乎都是现成的。高福星的老屋坐落在一个小山坳里。只因地势较高，所以视野相当开阔。一眼望出去，不要说对面的山，连对面山后的山，山后的山后的山，甚至连那遥远的天际，都无不清晰地收于眼底。两面山的山脚下，一条狭窄的河道隐匿穿行。可惜河里的水不像多年以前那么澎湃，那么激荡，变得十分寥落，只星星点点，像打碎的玻璃镜片撒在乱石之间。河里的水像被山里的树吸干了。树们，就疯也似的长开了。把原先光秃秃的山包长满了，把癞头一样的山坡长满了，那些曾经的小路，也因为走的人少了，渐渐在林间隐没，被人遗忘，终不成其为路了。就连河道里的那些乱石间，也布满了各种各样的杂树，虽不高大，却依然茂密如织，绿荫似盖。

这满山满岭的树，随便伐上一些，就围成了猪舍的栅栏。栅栏也不需要太高，只约齐人腰就行。再选粗壮笔直一点的，每隔一段距离，就竖起来一根做撑杆。檀梁要用结实圆润的楠竹更好，既经久耐用，又相对于树木更轻便，减少了承重，安全性能更高，还不容易生蛀虫。再在高出人头的位置，加上一层，实际上，也不需要整整一层，只要猪舍面积的一半或者三分之一，就完全足够了。既可以在上面放些杂物，又是一个简单的容身之所。

是的，容身之所。

高福星就是这样计划的。

他和媳妇要从五保家园搬出来。搬出来容易，可以后住哪儿呢？

只能住到猪舍里。猪睡下面的地板，他们就睡上面的隔层。

简单是简单了些，艰苦也是艰苦了点，但这一切都是暂时的。他坚信这一点。

猪舍的主体，靠他的一己之力就能完成。除了需要花时间，费力气，却是个十分经济节约的办法。唯一要花点钱的，就是猪舍的顶棚。顶棚要避雨，所以必须蒙一层帆布。帆布大约十三元一平方米，算下来，花费也不多。

高福星把猪舍搭建好，腊月都过了大半。村里家家户户都渐渐溢出了年味。在外面打工的，有的拖儿带妻，有的像个人英雄，陆陆续续回了"巢"。原先老气横秋的村子，仿佛一下子就变得活力四射起来。

高福星搬出了五保家园。

高福星搬回了老屋。不，是搬回了建在老屋地基上的猪舍。

猪舍里还没有猪。

猪舍里只有他和他的媳妇。

回村的年轻人都惊讶无比。他们谁都没想到，高福星这个曾经在他们心目中像神话一样的存在，居然落魄到只能睡猪舍的地步。然后就有人开始在背后指指点点：真是死要面子活受罪，都穷成什么样了，还开个车东跑西颠！

他们哪里知道，高福星是在四处打听，哪里有好的母猪卖呢。

而李如意，一边冷眼旁观，一边偷偷地幸灾乐祸。特别是对李巧妹，更是充满了难以言说的复杂情绪。当初你不是要跟他一起逃离苦海吗？现在怎么样呢？还不是在苦海里扑腾？我还以为真成了大款夫人，结果连我这个贫困户都不如啊。

李巧妹自从上次提了酒去看他碰了一鼻子灰不说，酒也被扔到不知道哪个旮旯里去了，便发誓不再主动搭理。心里又开始愤愤不平，本来就是他对不起我，凭什么要我低三下四，搞得像我要求他什么似的？我让一让二可以，难道还得让三让四啊？

但让高福星和李巧妹揪心憋闷的事还是接踵而至。

先是环境卫生。高福星刚把猪舍搭建好，铺天盖地都是残枝败叶、木方碎屑，花了好几天来清理，还是不尽如人意，很多旮旯角落，不是一天两天就能清理干净的。李如意就像要故意摆一面镜子在他们面前似的，本来就是个爱干净的人，现在扫起地来更带劲了，以前一天打扫一次，通常是吃过早饭以后，现在一天要扫两次，早上一次，中午一次。有时候闲得没事，扫三四次也是有的。他把房前屋后打扫得天光亮白，仿佛是说：你们看看，你们看看，你们不是有钱人吗？怎么有钱人这么不爱干净？连我这个贫困户都不如？我再贫，再困，贫的是钱，困的是生活，可不是我这张脸！听说你们在外面赚了很多钱，原来是不要脸啊。

李如意家没有养猪，所以快过年了，也没有年猪可杀。不过话说回来，村里真正自己养猪自己吃的，也没有几家。年轻人大都出门打工去了，平时挣了钱，就往家里寄生活费，老人孩子要吃肉，就去镇上买。比起自己养猪，既省力，又划算。李如意没有人给他寄生活费，但也不缺肉吃。他们家现在只有他和孩子两个人，墙上还挂着去年村里来拜年送的好几块腊肉呢。特别是来结对帮扶的那个程主席，听说是什么文联的副主席，送了他整整六只猪脚呢。文联是干什么的他不懂，副主席是个什么官职他更搞不清楚，他只知道，那个程主席心善，年年来看他，每次过来不是买这样，就是带那样。

去年的腊肉还没吃完，今年又快过年了。

他像忽然想到了什么，巴掌一拍！对，得赶紧吃。

他取下一只腊猪脚，用清水仔细洗过，再往铁锅里掺了半锅水，将猪脚朝锅里一扔，盖上锅盖，就蹲到灶门口，取过一捆柴火，分开来，大把大把地送进灶膛里去。

儿子很快围过来。锅里的香味还没出来呢，就馋得直流口水了。

　　李如意呵斥道："去！去把门窗都打开！"

　　李如意想的就是，再过那么一会儿，要让那满屋的腊香味飘到屋外去，一直飘到高福星的猪舍那边去。

　　他要让那一对"有钱人"好好闻闻他家的腊肉香！

7

李如意的如意算盘果然打对了。

高福星正把用来睡觉的那一层用塑料布密封起来，媳妇也在一旁打帮手，将穿好的绳索套在滚圆的木料上，固定，打结。今年冬天，风刮得可真刺骨啊。很多年没在山里过冬了，仿佛肌肤也早适应了南方温润的气候。可是，既然回来，日子就总得过下去。他们必须咬紧牙关，赶在过年之前，为自己搭好这个窝。

这个窝肯定很寒酸，但它必须得温暖。

就在这时，他们闻到了一股腊肉香，开始还淡淡的，若有若无。渐渐地，香气越来越浓，一波紧跟一波，像浪涛一样席卷着他们的神经，冲刷着他们的胃。这段时间，只顾着忙这忙那，心思完全没放在味觉上。现在被浓烈的腊肉香一刺激，肚子里竟翻江倒海般地难受起来。

依他们当时的情况，别说炖腊肉，就是好好煮一顿米饭，也要费很大的劲。没有厨房，没有灶台，就在露天坝里搭两块石头，垒起，把锅往上面一架，就是个简易的灶台了。柴火倒不缺，都是现成的。火势却不容易控制，要么因为木柴里的水汽没干透，一时半会儿难以燃旺；要么一燃起来，就呼呼往上蹿，仿佛将整口锅都要吞没了似的。所以，往往会出现心不能遂愿的情况。你明明想熬口稀饭喝，结果火燃得大了，三下五除二，就把锅底烧干了。有时候，你想干活费力气，还是煮干饭才撑得久，结果火半天又燃不起来。几等几不等，肚子都饿得呱呱叫了，锅里还剩了一半水。

高福星觉得很无奈，心想，煮顿饭都搞得像碰运气一样。那做其他事，还能自己好好把握吗？李巧妹也有些自责。一个女人家，煮饭是本职工作，本职工作都做不好，其他事还能做好吗？

但平心而论，他们真要把饭做好，肯定没问题。很多时候，他们是忙了这头忙那头，煮饭这件事，反倒没重视。等突然想起来，或者灶台那边出了状况，才过去看一下，这样的饭，怎么可能煮好呢？

他们没把心思用在煮饭上，但是现在，闻到从李如意家飘过来的腊肉香，他们还是五味杂陈。家家户户都在准备过年了，连旁边这样出了名的贫困户，家里都年味十足了，他们夫妻俩，还在做什么呢？

更让他们堵心的，却是下面这一幕——

李如意把那口炖腊肉的大铁锅，一股脑儿端到了地坝中央，也不用桌凳，直接搁到地上。和儿子一起，蹲在锅边，筷子往锅里一插，夹上来一块，然后就歪着头，张开嘴，大口大口，津津有味地吃起来。虽然油啊汤啊流得满身满地都是，还在不停地大喊大叫："啊！真香啊！""好吃！真好吃！""儿子，夹那块大的！"每吃一坨肉，就要喝一口酒。酒都是满杯，脖子一仰，"咕咚"一声，就下去了。

那样子，哪像什么贫困户，简直比神仙过的日子还逍遥啊。

高福星懂。

高福星知道他要表达什么。

但这还不是最难熬的时候。最难熬的，是结对帮扶的那个什么副主席过来拜年的时候。

副主席一来，就听到李如意如雷贯耳的喊声："哎呀！您又来啦！快坐！快坐！"边喊，边跑去拖凳子。副主席被眼前的阵仗搞蒙了，不知出了什么状况。要说表达热情，也不至于这么夸张。何况以前过来，这个老乡总是唯唯诺诺、很不自信的样子。这也难怪，贫困户嘛，生活条件差，见到城里来的干部，总有些自卑情绪，可以理解。可是今天怎么了？打个招呼，都好像在跟人吵架似的。

一同过来的村干部，也不知怎么回事，只好在副主席耳边低声打圆场："听说他这段时间耳朵出了点问题。声音小了，怕是听不清。"

副主席嘴上不说什么，心里却想，他耳朵出了问题，又不是我耳朵出了问题，就算把音量放大，也该是我，不是他呀。

但这倒提醒了他，所以接下来，副主席也把声音提高了八度。就这样你一声喊过来，我一声吼过去，就好像两个人耳朵果真都出了毛病似的。本来是十分温馨的问候场面，最后倒成了"袍哥"人家的礼尚往来。特别是，当副主席从口袋里掏出五百块钱递到李如意手里，他更是咋咋呼呼，拿钱的手，像突然被炭火烧了一下似的，声音大得出奇，仿佛要把屋顶的瓦片都要震几块下来："哎呀，又让您破费啦！五百块呀，这要是买猪，得值多好一头猪仔呢！"

声音不出意外地传到高福星这边来。

高福星听得出来，这话是要吼给他听的呢。那意思是，怎么的，我又多了五百块过年钱，你有吗？

高福星没有。

高福星不是贫困户。

高福星本来也想成为贫困户，可是政策不允许。

　　高福星叹一口气，埋下头，又开始干活。媳妇却没有他这么好的耐性，对着李如意家的方向，说了一句。

　　"有什么了不起！再好的生活，靠自己挣才是真本事！"

　　高福星惊讶地望了媳妇一眼，他没想到，平时不多言不多语的李巧妹，跟自己躺一个被窝十几年的李巧妹，竟然会说出这么深刻、这么有道理的话来。

　　是啊，人就是这样。你越想贪生活的便宜，就越可能被生活所抛弃。你在物质上得到一些便利的时候，可能在精神上就开始堕落了。只有那些真正断绝了不切实际念想的人，才可能置之死地而后生。

　　他们没有什么指望了。

　　他们能指望的只有他们自己。

　　那个年，他们过得不声不响。

　　那个年，他们本来以为至少可以过得温暖一些。可是，一层薄薄的塑料怎么可能抵御住寒潮的侵袭。你以为只有一丁点缝隙，不碍事，可就是因为那一丁点缝隙，寒冷就像刺骨的流水一样浸漫过来，漫过你的肌肤，穿袭你的骨头，一直浸透到你的心胸里去。就算你把所有的缝隙都找出来，都想尽办法堵住了，补牢了，寒冷依然笼罩着你的头，你的手脚，你的背脊，你的全身上下。有时候一阵风来，仿佛要把整个猪舍都连根拔起，吹到天上去。

　　白天还好，反正要做事，肢体一活动，再冷的天，也仿佛热和起来。到了晚上，虽然有时候冷得牙齿直打架，但他做的第一件事必定是看书，看各种各样防治动物瘟疫的书。他必须仔细钻研，搞清楚各种潜在危险，以及相应的解决办法。他已经在这个问题上栽过大跟头，再不能重蹈覆辙了。否则他这辈子再也别想爬起来。书看到眼皮像一座山似的压下来，无论怎么努力，也无法再睁开了，才躲进厚厚的棉被，把媳妇紧紧地搂在怀里，然后静静等待。

等待入眠。

等待漫长的夜晚赶快过去。

等待美好的梦境次第出现。

等待又一场春暖花开，降临人间。

人间，当然不只有猪舍，还有不远处李如意家温暖的灯光，还有村子里无数的欢声笑语，还有一群调皮的小孩，把父母从山外买回来的烟花带到地坝上，点燃，任由耀眼的火光刺破漆黑的夜空，然后突然爆裂，像天女散花一样，福照大地。

春天果然如期而至。

春天一来，高福星又忙开了。人们看到他开着他的小货车，不停地在村子里进进出出。人们不知道他到底在忙什么，但他们仿佛已隐隐地感觉到，这个身强力壮的家伙如此卖力地忙碌，一定是在努力改变着什么。

改变什么呢？

可能是他自己的命运，也可能是这个乡村的未来。

到底是什么，谁说得清呢？而感受最为明显的，还是李如意。那边棚子里也不知寂静了多长时间，现在突然就闹腾起来。

是的，闹腾起来。

怎么可能不闹腾呢？

高福星可是用他的小货车装回来整整十头大母猪！

这些母猪兴许是搬了新家，兴奋得不得了，一天到晚哼哼唧唧个没完，简直跟人刚喝了二两白干，然后就哼哼唧唧的一个调门！高福星在心里暗自骂道：真是跟人一个德行啊，一群喜新厌旧的！却还是按捺不住不断涌动的高兴劲儿。

母猪都那么高兴，他怎么可能不高兴呢？

他可是把他所有的希望，都寄托在这群母猪身上呢。

他已经计算过了，如果一切顺利，四个月以后，这些母猪将生产一百至两百头小猪仔。到那时，他可以根据市场行情，再来决定小猪仔的去向。如果行情好，他就把猪仔卖掉，这样的好处在于，资金可以尽快回笼；如果行情不理想，他也可以选择把猪仔先养大，等到市场价格比较高的时候再出手，这样就会有更大笔的资金回流进腰包。

高福星这边闹腾起来，李如意那边也没有了清闲。原来，镇里又为贫困户送来了新扶持——每户贫困户可以免费领取三桶中华蜂。如果大家都把蜂养好了，也不失为一个发展家庭经济的好手段呢。

决策者们已经意识到，扶贫工作要有好的效果必须标本兼治。送钱送物虽然可以解决贫困户的燃眉之急，但那毕竟不是长久之计。好比说高福星的那辆小货车吧，遇到上坡路段，爬不上去，有人在前面套个绳索拉一把，或者干脆跑到屁股后面去使劲推一推，确实会起到一些作用。可更为关键的，还是自己的发动机不能熄火。一熄火，车外面的人再怎么用力使劲，怕也很难把车推上去。甚至一旦外面的人累了，力气乏了，一松手，只怕马上就会"哗哗啦啦"往后退。

现在县里也好，镇里也好，村里也好，从上到下，工作重心就是要防止发动机熄火。自然熄火的不多，怕只怕那些习惯了被拉着、被推着往上爬的，自己主动把火熄了，把爬坡上坎的所有希望，都寄托在帮助自己的人身上，那就更麻烦了。

带动贫困户养蜂，就是要让他们把发动机点着，不能熄火。

8

　　李如意家开始养蜂了。

　　这当然是好事。本钱一分不出，国家免费送。只要肯上心，只要肯出力，一年收入，那是秃头上的虱子——明摆着。孔先行把三桶蜂送过来的时候，就替他把账算好了："一桶蜂一年至少取两次蜜，每次大约在二十斤左右。三桶一年下来就能取蜂蜜一百二十斤。现在的市场价是一斤一百元，一百二十斤，就是一万二千元！"

　　李如意听着孔支书给他算的这笔账，虽然脸上不动声色，心里却早已激动不已。一万二千元啦！果真如此，那不是一年过后，他们家就脱贫了吗？其实，别看他动不动就喜欢在高福星面前逞强，好像他一个贫困户的日子过得都比他好，比他有滋有味，那都是故意装的。但凡是个人，但凡人还有张脸，他就明白，贫困户这个身份，并不是什么值得炫耀的资本。真正有志气的人，谁看得起贫困户啊？他们会说："现在都什么年代了，居然还贫困！只要有手有脚，肯吃苦，愿出力，做哪行不能谋口饭吃？还要政府来施舍！"

　　李如意是明白人，心想，这话是难听了些，但话糙理不糙，说得确实是那么回事。就说他自己吧，要不是这些年家里的事烂得一塌糊涂，除了他，又没有第二个可以带孩子的人，他怎么可能像个废人一般窝在家里？在农村，随便种点养点，糊口饭吃是容易，可要谈发展，要谈活得像个人样，走到哪儿都能直起腰板说硬话，哪有那么简单的事啊？

说到底，他还是个有志气的人。

他并不觉得，他这个贫困户当真有多么光彩！

现在机会来了，他可以通过养蜂来蜕掉身上这一层"贫困户"的皮，他怎么可能不激动呢？用孔支书的话来说，就是："养蜂对你是最合适不过了。既不用出门，有精力把孩子带好，又可以把家庭收入提高，这是一举两得的好事啊。"

养蜂对李如意是一举两得的好事，但对高福星来说，却是个意想不到的梦魇。别看他长得五大三粗，不管做什么好像都有使不完的劲，但每个人有其所长，就必有其所短。高福星的短，就是对蜜蜂有一种说不清、道不明的惧怕。从小到大，只要一见到蜜蜂，严格来讲，还不一定是见到，只要耳边一传来蜜蜂"嗡嗡"的声音，他立马就吓得脸色惨白，双腿打战，就差把尿屙在裤裆里了。别人说"一朝被蛇咬，十年怕井绳"，可他却是"从未被蛇咬，还是怕井绳"！

怕，就是怕。

这是不以他主观意志为转移的一件事。

他虽然觉得羞耻，也觉得难为情，一个大老爷们儿，居然被小小的蜜蜂给唬住了，传到别人耳朵里，是件多么丢人、可笑的事啊，可是，他就是止不住他的怕！

这样一个人，当邻居家里突然多出来那么多像恶魔一样的小东西，这些小东西还时不时跟串门似的，成群结队，往他的猪舍这边飞过来，东瞧瞧，西看看，他又将如何面对呢？

他想去找李如意谈谈。

可是怎么谈呢？他总不能说："你把蜜蜂都放了吧。"这是什么话，那三桶蜂，可不是用来当宠物养的！那是政府对贫困户的扶持项目呢。养蜂成为项目的时候，蜜蜂就不是蜜蜂了，而是白花花的钞票，是一年一万多块钱的家庭收入！是李如意和他那六岁的小儿子可以获取更好生活的主要渠道！

这么重要的东西，怎么可能就凭你一句话，说放就放了呢？况且，李如意是他高福星什么人啊？他们现在可是井水不犯河水的冤家，是准备老死都不相往来的对头啊。

冤家对头的话，说出来有什么用呢？

可能还算是好的，就怕是个炸药包，那就麻烦了。

高福星不想惹麻烦，他只想一门心思侍弄好他的那十头大母猪，争取四个月以后，赚它个盆满钵满！

说来说去，看来办法只有一个，就是忍。忍住他的恐惧，忍住他满心的怨气。老话不是说了吗？和气能生财。

为了生财，他也只能和气下去了。

高福星想要和气下去，李如意却未必有同样的想法。高福星回到老屋，刚开始，李如意以为他是要建新房，不想越往后看，越觉得不对。慢慢地，他发现原来这家伙是在建猪舍啊。

猪舍当然不是建起来玩的。在农村，养猪也不是什么稀罕事，放在二三十年前，哪家哪户不养几头猪呀？可现在不是二三十年前，走遍整个村子，还真找不出几家养猪的。就算有养的，也顶多是一两头，养上三四头的，那肯定是因为年轻人在家，没有出门打工，就把养猪作为家里的主要收入来源了。

李如意看那阵仗，哪里是准备养一两头猪，分明是要把养猪搞成规模化养殖嘛。那么问题来了，等到哪一天旁边多出几十上百头猪，甚至可能更多，不要说猪一饿就喜欢玩命似的嚎叫，吵得人不得安宁，单是那臭气熏天的猪屎，不把人臭得"翻江倒海"地吐，便不会善罢甘休。

李如意能忍吗？

很明显，他不能。

但猪还没有进圈，他也不能说什么。

他就想，哪天惹到我，我会让你好看！

没过多久，高福星果然就惹到他了。

那天也是碰巧，李巧妹一早就去了坡上。她每天都是这样，天不亮要去割猪草。整个上午几乎都在山林和猪舍之间往来穿行，不停忙碌。老屋——其实已经是猪舍了，本来就在山里，前前后后，上上下下，全是茂密的树林以及数不清的野菜、杂草。所以往往出门没有久远，猪草就满了一背篓。来来回回，即使跑上四五趟，人也不见得累到不行。高福星的想法是，他不愿像一般的养殖户那样，说到喂猪，就拼命灌饲料。买的饲料喂下去，猪虽然长得快，生得肥，出栏周期短，但毕竟肉质差，口感糙，不管是炒，还是炖，都缺乏猪肉特有的那种香。相应地价格也就要低些。当然，你要他现在就把猪散放到山林去，养所谓的生态猪，条件一时也达不到。综合考虑以后，他就取了个折中方案：既不散养，也不喂买的饲料，而是去山上扯猪草，拌到他自己准备的饲料配方里。配方大都包含一些粗粮，比如玉米、麦麸、豆粕等。这样养出来的猪，虽然相对长得慢点，但肉质佳、口感好，卖的时候也会有个好价钱。

李巧妹去了坡上，高福星就留下来照看猪舍。担心有人搞破坏是一方面，另一方面也要随时观察母猪的动静。现在是关键时期，容不得半点马虎。一头母猪出意外，一肚子的猪仔就可能保不住，那可是活生生的"钱"啊！

钱，他现在是多么需要钱啊！

眼看着孔先行那三万块花得没剩下几个，要是再有什么闪失，说不定就真的会一蹶不振了。

正这样提醒着自己，电话突然响起来。一看，是孔先行打过来的。

孔支书说："你马上到村办公室来一下，我有事跟你说。"

高福星本来想说："等我媳妇回来，我再出门吧。"又一想，人家专门打电话来，也不在电话里说什么事，却要叫过去，肯定比较要紧。反正媳妇就在附近，一会儿就背猪草回来，想来也不会有什么。于是稍稍将身上整理一下，就出去了。

村办公室也不远，他开着小货车，十分钟没有就到了。

一见面，孔先行就开门见山，直奔主题："现在有政策，搞养殖的，都需要进行污染治理。"说到治理，怕他误会是要出什么难题，又说，"这对你其实是好事。把环境卫生搞好了，猪就少生病，人也少操心。"

高福星心想，污染治理当然是好事。可是，钱呢？那不是又要花一大笔钱吗？现在，他已经捉襟见肘，再没有多少余钱可花了。

孔先行像是看出了他的心事，说："你也不必过分担心钱的事。上面有补贴呢，大部分都是政府扶持，自己贴不了几个。"又像想起了什么，补充道，"哦，对了。照文件精神来看，你现在还不在政策范围内。文件规定的是，养猪要在二十头以上的，才会享受补贴。"

高福星正要说："那你说这么多，不是白说了吗？"忍了忍，终于没说出口。他知道，孔先行既然要跟他说这事，自有他的道理。就见他端起茶缸，嘴唇在茶缸边沿"嚯嚯"两声，"咕咚咕咚"，几口茶水下肚，再将几片茶叶"噗"的一下吹到一边，又"咕咚咕咚"几下，茶缸就干了。好一阵，高福星都看不见他的脸，他的脸，全陷进茶缸里去了。其实也难怪，村里三百多户人家，一千多口人，除去外出打工的，留在村里的也有好几百。好几百号村民，今天这个找，明天那个问，村支书的嘴只有一张，人家来咨询政策或者找你办事，也不可能不回答、不招呼。虽说村里还有主任，还有综治专干，还有综服专干，可来的人也怪，就是不喜欢找其他人，一到村办公室，首先想到的就是他孔先行。

在基层工作，能够得到群众普遍信任当然是好事。

可是，信任到一天到晚都在不停宣讲，不停解释，不停劝慰，不停疏导，也确实是一门既劳心又劳力的活。

他不多喝几口水，只怕哪天累瘫在办公桌上，自己都不知道呢。

孔先行把茶缸放下，说："不过我在想，虽然你那里现在只有十头母猪，可再过一段时间不就要产猪仔了吗？猪仔一下来，不是就符合政策了吗？"

听他这样一解释，高福星想，刚才的疑问幸好没说出口。支书果然是支书，考虑的就是比普通老百姓要远。

既然政府在扶持，有补贴，那还说什么呢？就算自己可能还要出点钱，那也不会太多。

这是好事。

是大好事啊。

高福星回去的路上，心情变得十分轻松，轻松得都有些愉悦的感觉了。别的不说，把卫生搞好了，他和媳妇晚上睡觉也会更香甜呢。只要是个正常人，谁愿意天天睡在粪堆上面啊？纵使有一点办法，谁不愿有更好的居住环境呢？

高福星开着小货车，下了垭口。远远地，就听到老屋那边传来连天的叫骂声。

仔细一听，果然是李如意。

李如意正扯着嗓门儿朝天喊："是哪个养的畜生又发猪瘟！我昨天才点的红苕种，今天就给我拱出来了！"

高福星心往下一沉，想这个旮旯还有哪个养猪？不就是我高福星吗？但是，把红苕种拱出来，怎么可能呢？我出门的时候，不还检查了一遍吗？猪舍门可是关得好好的呀。虽然听着污言秽语，心中满是闷气，但还没搞清事实之前，他不打算发作。

他和李如意本来已经是剑拔弩张的关系，这时候一还嘴，肯定是火上浇油，越烧越旺了。

高福星停好车，飞快往李如意的地头跑去。人还未走拢，就看到李巧妹迎面而来，一语不发，满脸阴沉。原来，李巧妹刚好扯了一背篓猪草回来，听到这边骂得十分难听，就过来看个究竟。

一头母猪，果然在那里！

李如意一边大骂，一边挥动从树上扯下来的枝丫，不停朝猪身上鞭笞。许是猪被驱赶得头脑发昏，也不知道往哪个方向去才好，要么在原地打转，要么一动不动，"哼哼唧唧"的，活像个受了委屈的孩子在哭鼻子呢。

高福星迅速查看了一下，地里确实有猪去过的印迹，但要说红苕种被拱了出来，却夸张了些。旁边李巧妹看他们人已经到了，猪还在被打，心疼得忍不住了，说："有理就说理，不要动不动就又打又骂的。"

李如意却毫不示弱，说："我就要骂！养得起猪就养，养不起就不要养。别当着人的面打肿脸充胖子，背地里却专门把猪放出来偷人家的粮食吃！"一边说着，一边又朝猪身上甩了一鞭。

高福星看这阵仗，不说几句是不行了，说："你也别一口一个'偷'字，还'专门'？你以为你是什么神仙大户？我们家的猪不吃你的红苕就长不大？"

李如意哪里受得了这般挖苦，但一时好像又有些理屈词穷，不知如何回应。顿了顿，眼珠骨碌碌一转，觉得总算又有话可说了。

"人家不在，你跑来吃人家的东西，不是偷是什么？看来畜生也懂得'跟好人、学好人'嘛。"接着冷笑两声，"不过也正常，对某些人来说，人都可以偷，偷点吃的，不是家常便饭吗？"

几句话，怼得高福星脸上红一阵，白一阵，满肚子的火气却好像突然被堵上了出口，想发泄却发泄不出来。李如意阴阳怪气所指的，不就是当年他把他妹妹带走的事吗？

李巧妹在一旁，也是窘得满脸绯红。真是奇了怪了，她跟着高福星一走了之，明明是两厢情愿的事，现在怎么搞得好像他们还亏欠了人家似的？

高福星知道老纠缠过去的话题，也占不了多少便宜，便打断他说："我们也别扯那么多废话。你就说，我们家的猪把你的红苕种毁了多少，毁多少我们赔多少！"

李如意明知他赶过来及时，红苕种还没有被拱出来。他倒是想让对方赔，可一眼望去，一根红苕种都没见着呢。他突然有些后悔了，要是再晚来几步那该多好！你不是要赔吗？那样的话，我就可以让你好好赔了！可是现在，这话怎么说呢？但他毕竟不想这么轻松便宜了他们。

他知道怎么说了。

"毁多少？你怎么计算我地里的苕种毁了多少呢？苕种是没拱出来，但你的猪跑到我地里去了是事实吧？猪跑进去，一脚下去，要踩坏多少种呢？你先数数我这地里有多少猪脚印，我们再谈赔多少的事吧。"

高福星没想到李如意竟会如此胡搅蛮缠。

这不摆明了，他就是要故意刁难吗？

高福星一时也不知道如何反击。这时，只听李巧妹在一旁搭话了。李巧妹说："我们也不用去计算地里有多少猪脚印了，损失就按整块地来算。我们赔你整块地的红苕种！"

两个男人都被镇住了，不约而同，惊讶地扭过头，望向这个平日里寡言少语的女人。

"但是，"李巧妹接着说，"我们家母猪的损失，也要算一算！"

李如意不知道她葫芦里卖的什么药，心想，母猪不活得好好的吗？哪里来的损失？

"一头母猪怀的仔一般都有十几个。我们就算十五个吧。"李巧妹说，"你一鞭子下去，我们家就损失了一头猪仔，先前我们没看到的就不算了，只算我们来了以后，你在我们面前打了多少下。打多少下，就算损失了多少猪仔。"

李如意禁不住"呵呵"冷笑两声，道："想讹人，也没有你这种讹法吧。猪仔在它娘胎里活得好好的，凭什么要我赔？"

李巧妹说："你这话就说得不对了。你都没看见，怎么就断定猪仔在它娘胎里活得好好的呢？到底是死是活，只有一会儿把猪仔取出来，才知道！"

李如意的脸色开始变了。先前还面红耳赤，慢慢就有些惨白。猪仔取出来？还没到生产的时候呢，谁敢取？取出来，不个个都成了死胎？

李如意没话说了。

望了望李巧妹，恨恨地道："算你狠！从小都是个吃里扒外的东西，一辈子改不了！"

李巧妹轻蔑地说："高福星是我男人。我帮我男人说话，怎么就吃里扒外了？难道，我要帮我男人之外的男人说话，才不算吃里扒外？"

李如意知道不是她的对手，只好闭上嘴，悻悻地往回走。

刚走出没多远，他的小儿子也不知在哪里玩腻了，这会儿跑了过来。孩子毕竟是孩子，一边跑，还一边喊："老汉儿老汉儿，我把他们家猪圈门打开了，好大一头肥猪，追着我就撵了出来……"

话还没说完，就听到"啪"的一声。

高福星想，还是孩子呢，耳光是不是也太响亮了！

9

这段时间，让李如意不顺心的，不仅是高福星和他的母猪，还有那三桶蜂。

镇政府本出于好意，给每户贫困户都送三桶中华蜂来养，但有些实际情况却是他们事先没有预料到的。比如说，养蜂不是个力气活，未必出了力就一定会有收获。它是个技术活。发力要用巧，不能耍蛮。当然，这一层当初也是考虑到了，镇里在引进中蜂产业的时候，已经对售卖方提出了要求，不但要对养蜂户进行培训，还要提供售后技术支持，如果村民在养蜂过程中碰到不能解决的问题，就喊技术员过去看一下。但是，村民毕竟只是村民，要他们在短时间之内就很好地掌握养蜂技术，不太现实；售卖方的技术人员也很有限，养蜂户却成百上千，这有点像医生出诊，如果同一时段病人太多，他就很难及时为每一位病人把脉问诊了。

李如意就因为这个，脑袋都快急爆了。

他先是发现一只蜂桶出现了异样，要说到底是什么异样，他也说不清，似乎是巢脾遭到了破坏，又好像是工蜂变得很烦躁，就好像家里来了贼，兄弟们都操起家伙撵贼去了，倒无心外出干农活了。现在正是采蜜的旺季，如果真出了问题，时间一错过，又得等到下半年才能再采了。问题是，如果那样，损失的可不仅仅是时间，而是可改善家庭生活条件的真金白银啦。孩子下半年就要去泥溪小学读一年级了，虽然现在国家政策好，各种帮扶没间断，吃饱穿暖是没问题，但孩子正在长身体，必然需要更多营养，也就意味着，家里必须要有更多收入作保障。

他只有这一根独苗呢。

他们家将来能不能彻底翻身，就看这孩子能不能好好读书呢。

这就好比打仗，孩子在前方冲锋陷阵，他这个当老汉儿的，不想方设法在后方把粮草准备充足，这仗，怎么能指望打好呢？

想着想着，就又生出一股隐隐的心痛。

这孩子也真是造孽，怎么就落到他这个贫困户家里来了呢？贫困户也罢了，竟然连个妈都没了，他一个大男人，又当爹又当妈，既要主内，又要主外，关键是又没有什么文化，除了肩挑背扛，哪样本事没有。想是想把孩子带好，可就是感觉力不从心啊。

算了，还是不说这些了。当务之急，是要喊技术员来看看，到底出了什么问题。

头两次电话打过去，说正在外面忙呢，后面再联系。

第三次电话拨通，对方终于允诺道："明天吧，明天下午我过去。"

李如意心神不宁，终于挨到了第二天下午。技术员倒没失言，确实骑个摩托车过来了。到蜂房一看，眉头就皱了起来，说："又是绵虫！"

李如意心事重重地问："那怎么办？"

技术员闷头闷脑，只管干他的活，好半天，才回一句："试试看吧。"

　　李如意只当他态度不够好，但现在要求人家办事，也不跟他一般见识。却不知，技术员一天到晚跑这儿跑那儿，几乎没有个歇气的时间，他也是个人，不是机器呢。是人，就会有累的时候；是人，就会有感到心烦的时候。人一累一烦，自然就不愿多说什么了。

　　就看他在蜂箱里捣鼓一阵，那样子，就像平常人家在做清洁卫生一样。技术员把箱底的蜡屑，以及刚孵化出来不久的绵虫幼虫一点点清理出来，有些幼虫个头已经不小了，像蛆一样蠕来动去，着实恶心得很。

　　完了，又叮嘱几句："一定要注意清洁蜂箱。要经常清扫蜂箱内壁和箱底的蜡屑，不要给绵虫可食的机会。绵虫没吃的了，问题自然就解决了。"

　　然而问题，并没有就此解决。

　　技术员过来治了标，却并没有治到本。

　　什么是本呢？原来，李如意并不知道，孵化出来的绵虫幼虫不喜欢在箱底靠吃蜡屑为生，而是要削尖了脑袋钻到蜂群的巢脾上去。护脾的工蜂因为对方个头还太小，没有视为威胁，所以并不阻挠。等到幼虫钻进巢脾，潜伏在巢房的底部以后，就开始咬食巢脾，不断穿行，最后蛀成一条一条的隧道状，等到蜜蜂的"白头蛹"病一产生，后果就严重了。蜜蜂幼蛹一死，蜂群数量会急剧下降，最后的结果只有一个，就是蜂群弃巢逃离。当然，如果发现及时，也还可以补救，比如赶紧换掉旧脾，化蜡造新脾，比如将蜜蜂强群和弱群合并，使工蜂保护巢脾的能力大大高于绵虫的破坏力，比如用二硫化碳进行密闭熏蒸，等等，都可以有效挽救。

　　这些措施，李如意不懂，技术员肯定是懂的。技术员懂，为什么又不采取呢？这就好比一个人生病了，医生总不能一开始就把他当癌症来治。治疗方案也要随病情发展变化而不断调整。技术员肯定是觉得，当时的"病情"并不严重，做些清扫就足够了。他自然也不会想到，绵虫其实已大量进入巢脾，就等着一天天长大，然后向巢脾发起总攻。

其实，一切问题的根源，只在于村民的技术没有学精，也不可能学精，不然大家都成技术员了，售卖方的技术员又不能天天都到每家每户来照料，所以，很多时候，"病情"本来不严重，却因为没有及时发现、及时处理，最后才酿成不可收拾的恶果。

李如意家的恶果很快就到来了。

那一箱被技术员清洁过的蜂群，还是没有抵挡住噩运的降临。

在一个阳光灿烂的午后，李如意像往常一样，去蜂房查看。刚走到门口，就见一大团蜜蜂，像一阵旋风，又像电视里缩小无数倍的机群，"嗡嗡嗡"从头顶掠过。

李如意本能地觉得，今天的蜂群仿佛比往常出没的数量更多，黑压压的一大片，飞出去没有多远，就在池塘边的柏树枝丫间停了下来。这是一个十分反常的现象。蜂群没有飞出去采蜂，却在附近逗留，不在花间，却在树梢。

如果他是养蜂高手，他就会立马意识到，这是蜂群要弃巢逃离了。蜂群之所以没有很快飞走，只是因为蜂王刚出巢，需要适应飞翔，避免体力不支。

如果他是养蜂高手，他应该早已察觉，蜂群中的工蜂已经提前限制了对蜂王的喂养。实际上，这个过程从蜜蜂认定再也无法挽救蜂巢就开始了。它们限制喂养蜂王，目的就是要为逃离做准备。只有让蜂王卵巢萎缩，体重下降，弃巢时才能顺利飞行。

如果他是养蜂高手，他还会发现，这段时间总会有不少的老龄蜂开始进进出出。他们出去不为别的，就是去野外侦察，寻找新的住址。

一切迹象都表明，它们要搬家了。

可是，李如意不是养蜂高手。

他就是个庄稼汉。

虽然经过了短暂的养蜂培训，他还是个庄稼汉。

所以，当李如意呆呆地望着柏树上的蜂群，不知它们在干什么，也不知自己该干什么的时候，蜂群待了二三十分钟，终于飞走了。

但这个时候他还不知道蜂群已逃离。

一直要等到他再次回到蜂房，发现其中一只蜂箱里，居然连蜂的影子也没有了，才突然意识到，哦，原来如此。

原来，将蜂群招引回来的最后一次机会，已经在他恍惚迷离的眼神中，白白丧失了。他感觉很沮丧，又很无力。他想，他一年收入的三分之一，就这样拍了拍翅膀，就消失得无影无踪了。

幸好还有两桶。

就算不吃不喝，他也要守护好剩下的这两桶蜂。

可他万万没有想到，接下来，他将面临比损失一桶蜂更为严峻的考验。

那天，儿子在地坝外面的池塘边钓鱼。他有些不放心，打算过去看看。他来到儿子身边，发现这小子还真行，水桶里已经有好几尾鲫鱼在游来荡去了。他怜惜地摸了摸儿子的头，顺便找了块石头坐下来。这会儿反正也没有多少事，就索性陪陪孩子吧。等他下半年一入学，怕是陪他的时候就少啰。

刚坐下来没一会儿，忽然觉得耳边传来"嗡嗡嗡"的声音。这是蜜蜂。自从养蜂以来，他对这声音简直太熟悉不过了。但，为什么声音这么近呢，就好像……然后声音就没了。

他这才猛然醒悟，对，没错！蜜蜂就歇在他头顶呢。

儿子也在一旁喊："老汉儿，你头发上有好几只蜜蜂！"

他心里就开始打鼓。这蜂到底是野蜂，还是自家养的中蜂呢？如果是野蜂，好像不可能这么温顺，好几只都往他头发上黏；如果是自家养的中蜂，从蜂房到池塘，这么远的距离，居然跑到他的头顶来，这种情况，以前从来没有出现过。

他心里忽然闪过一丝隐隐的不安。

他猛地站起身，边对儿子喊："不要太靠边，注意安全！"边飞快地往蜂房跑去。

等他上气不接下气，如离弦的箭一般跑到蜂房，朝蜂箱那边一看，差点没背过气去。蜂箱入口，竟然有十好几只马蜂！有几只正"抱"着蜜蜂，准备飞离。马蜂喜欢以蜜蜂为食，而且总是趁养蜂人不在时，飞进蜂房，守在蜂箱口，静待从外面采蜜归来的工蜂。工蜂要归巢，在入口处一停下来，就被马蜂逮个正着。蜜蜂，以及蜜蜂采回的花蜜，都成了马蜂的腹中美食。可惜技术员在培训他们的时候，又没有上到这一课。他早该准备好拍打马蜂的工具，一只长杆，外加一张巴掌大的塑料板就行了。人站在远处，塑料板往那边一拍，马蜂立马就成了板下之鬼。可是现在，他没有这样的工具。

情急之下，他操起搁在墙边的一根木棒，气势汹汹地朝马蜂挥舞过去。可是，木棒的截面有多大啊，目标本来就分散，舞动起来，又笨拙，又不可能精准。那几只抱着蜜蜂的，没有余力来反击，只忙不迭地往外面逃。但更多还没有抱着蜜蜂的，这会儿却被激怒了，一个个掉转头来，像轰炸机似的，开始"轰隆隆"结群反扑。

一只马蜂穿越重重棍影，在他额头上狠狠蜇了一下。他顿时感到一阵刺痛。马蜂一蜇成功，就好像在他"马奇诺防线"上撕开了一个大口子，等待他的，只能是命定中的一击而溃了。

李如意终于坚持不住，扔掉木棒，抱住脑袋，像一只被追杀的猎物，在朗朗乾坤之下亡命天涯。儿子在池塘边听到房屋那边传来"叽哩呱啦"的喊叫，不知道发生了什么。等到他看清，李如意早已如惊弓之鸟，在地坝边展开他永远也无法振翅高飞的双臂，像一块从天而降的人头石，从差不多有一丈多高的边缘，悲壮地跳了下去。

10

凄厉的喊叫惊动了高福星夫妻俩。

这些日子，他们一直守在猪舍里，不敢离半步。算了算，那头跑出去险些在李如意家红苕地里惹祸的母猪，预产期就在这几天。其他的，也会陆续生产。

高福星说："你守在这里，我过去看看。"

李巧妹不放心，说："还是我们一起去。反正离家也不远，有什么事，很快就可以回来。"说到家，她心中又翻涌出一股说不出的滋味。这哪里是什么家嘛，明明是猪舍。人跟猪住一个窝，全天下，怕再找不出第二户人家了。

惨叫声还在持续。

只是渐渐变得虚弱了些。

他们顾不得许多，赶紧向李如意家这边跑过来。

远远地，就看见李如意偏倒在公路上，蜷曲着身子，像一只被扎伤的蚯蚓，不断滚来扭去，痛苦呻吟。走近了再看，一张脸抽搐、收缩得完全没有了人样，好几个地方都鼓起大包，十分吓人，活像地里埋的红苕种被母猪刨出来了似的。一眨眼，仅仅是一眨眼的工夫，人就变得难以辨认，仿佛再也不是从前那个李如意了。

他那刚满六岁的儿子，跪倒在地上，一边推搡着父亲，一边恐怖而绝望地哭喊："老汉儿，老汉儿，你是怎么了嘛？你是怎么了嘛！"

怎么了？

当然是被马蜂蜇了。

高福星心里暗自发怵道。虽然从小在山里长大，却最怕什么蜜蜂、马蜂一类的东西。蜜蜂和马蜂虽然都叫"蜂"，却是完全不同的两个类别。马蜂根本不采蜜，却以其他昆虫幼虫或蜘蛛为食。若是人被蜇了，马蜂的毒性比蜜蜂更甚。严重者可以引起人的肝、肾等脏器功能衰竭。特别是，如果蜇到了人的血管上，更有性命之忧，过敏体质的人则尤其危险。

当然，高福星只知道马蜂毒性强，有时候会强到要人性命，却还没了解到如此专业的程度。

无论如何，现在最紧要的是救人！

不及细想，他回头对李巧妹说："我先送他去医院。家里有什么情况，给我打电话。"又将孩子往她面前一推，"把他照顾好！"

然后两个人将李如意扶起来，以最快的速度送到小货车的副驾驶座上。

到了镇卫生院，医生一看，病人脑袋肿得像个篮球，特别是两只眼睛，都被挤压成一条细缝了。如果是伤在身体的其他部位，还可以立即检查，看有没有毒刺留下。如果有，就马上拔除毒刺，按压伤口周围，先将毒液尽量挤出，再用药物治疗。可病人伤到这种严重程度，也不敢轻易接手，只简单消了消毒，做了些冰镇处理，就说："我们这里条件简陋，缺乏必要设备，怕耽误病情，你们还是赶紧去县医院吧。"

高福星不敢逗留，又风疾火燎，开着他的小货车，朝县城一路狂奔而去。平时一个半小时的路程，那天却用了不到一个小时。一路上，两个男人也没有多话。一个专心致志开他的车，一个双目紧闭，尽量不叫出声，实在忍不住了，才轻轻哼几哼——他人还是清醒的，可不愿在这个时候过多表现自己的懦弱。

一弱，对方不就强了吗？

到了县医院，已过下班时间，只好去急诊科。医生本来在查看头部的蜇伤，李如意却突然喊肩膀痛。原来，头部的伤这会儿被毒液渗透，都麻木了。倒是肩膀，先前还没有明显感觉，这会儿却开始钻心地痛。

一透片，竟然是肱骨骨折！

这才想起，肯定是被马蜂撵得无路可逃了，情急之下，从地坝边往下一跳，刚好跳到才修好不久的公路上。公路上铺了一层细碎的石子，人一扑倒，肩头就着了地。

医生说："他这个情况，肯定要住院才行。"又说，"蜂毒可能威胁肾功能，晚上先输液。肩膀明天再请骨科医生来会诊。"操起笔，"哗哗哗"开了张单子。李如意就被安排进了住院部。庆幸的是，晚上急诊病人不多，人才躺到床上一会儿，大瓶小瓶就在支架杆上挂了一大堆。若是白天，排队都不知要花去多少时间呢。

高福星帮着忙完住院手续，回到病房。

李如意本来想说声"谢谢"，嘴唇嚅动了一下，到底没有说出口，却只吐出一个字："坐！"

一个躺在床上，一个就坐床边，都木讷着，再没有一句话。病房里的其他人也觉得奇怪，两个大男人，不知到底什么关系。说兄弟吧，又好像没那么亲密；说朋友吧，竟然连一句话都不愿多说，世上哪有这样的朋友呢？

但旁人毕竟是旁人。别人的事情哪管得了那么多？所以，纵然有那么一瞬间，心中可能会产生一丝困惑，但很快，这困惑就倏忽而逝了。各自都别过身，重新回到自己的世界里去。

那一晚，高福星作为"病人家属"，找护士抱了床铺盖，睡到李如意病床下面。

也不知是病旁里还有其他病人，总有人进进出出，上厕所，或者喊护士，还是楼道里的灯光太亮，又有护士不停过来查看，换输液瓶，抑或肩膀的痛感没有丝毫减轻，总之，李如意虽然努力闭着眼睛，却一直没有睡好。到了下半夜，简直越睡越新鲜，如果不是因为在输液，他真想屁股一拍就跑到外面去透透气。

李如意如此，高福星又何尝不是如此呢？

高福星睡在李如意病床下面，心绪难平。他万万没有想到，他和李如意这一对死冤家，竟然会走到今天这样的局面。他原想，只要两家人矛盾不激化，不要今天吵，明天闹，不要哪天又大打出手，他就谢天谢地了。他怎么会料到，当他看到李如意倒在公路上痛苦呻吟的时候，竟然没有一点幸灾乐祸的感觉。他更没有想到，他会毫不犹豫，丢下正在待产关键期的母猪，直接就把李如意拉到了医院。到了医院，他也没有立即离开，竟然真的像病人亲属一样，帮他做这做那，现在，又睡到了与他如此近距离的地铺上。

这说明什么呢？

他不知道该如何用语言来表达。

但是他有一种强烈的意识，也许，一切都在变化。

一切，都正在变化。那些没变的，只是人的记忆。没变的记忆，真的可以左右正在变化的现实吗？

现实中的李如意，真的可以忘却那些不变的记忆吗？

不变的记忆。那些十几年来，不停在他睡梦里来搅扰他，刺痛他，甚至大白天，有时候也会突然令他黯然神伤的记忆，又悄悄钻进了他的脑海里。

那到底是一段怎样的记忆呢？

仿佛一切都是从高福星把妹妹带走的那个夜晚，开始变得无法收拾的。妹妹一走，父亲急火攻心，一病不起，没过多久就撒手人寰。妹妹一走，原先说好的那段姻缘就彻底破灭了。这段姻缘是父亲还在世的时候就已经说好的。那家的哥哥娶了妹妹，那家的妹妹就可以过门来做媳妇。

可是，妹妹一走，父亲没了，说好的媳妇也没了。

好不容易熬到了三十几岁，才在支书的撮合下，娶了个邻村的寡妇进家门。但凡他还有一点念想，但凡他还没有完全绝望，他也不会娶个寡妇做媳妇的。他虽然年纪是不小了，可他还从来没尝过女人是什么味呢。

说到底，他还是个正宗的大男人！

可是，他这样一个正宗的大男人，还是没能挽救他的家庭。那个寡妇还是嫌他穷，嫌他没本事，嫌他不能给她理想中的好生活，刚把儿子生下来，还没满月呢，就在一个月黑风高的夜晚，跑到了山外，从此，杳无音讯。

有时候他想，为什么命运就这么不公平呢？好像老天也喜欢嫌贫爱富。那些日子好过的，眼见着一天天越来越好过，而那些日子难熬的，却是一天天越来越难熬。

如果不是妹妹被高福星这家伙带跑了，日子，会不会不一样呢？

如果他和那家的妹妹成了家，那么，现在是不是就美满幸福呢？

他曾经以为，这是肯定的！

十几年来，他一直都是这样认为的！

他认为，他所有的不幸，都是高福星带来的；他所有的幸福，都是李巧妹给他剥夺了！

所以，他才那么恨他，那么恨她，那么恨他们！

可是现在，他还要将这"恨"，继续下去吗？

他深深地叹了一口气。

与此同时，也许是巧合，睡在他病床下面的那个家伙，居然也深深地叹了一口气。

第二天一早，还没到医生查房时间呢，文联的那个副主席就突然从病房外面走了进来，手里提着一袋水果，想必一路过来都是现在这般"窸窸窣窣"的声响。李如意跟他见过好多次面了，却一直没记住他叫什么名字，只跟着孔支书喊"程主席"。更搞不清楚"文联"是干什么的，只是朴素地以为，既然是县里的干部，肯定不一般。

程主席走进来，两个男人都十分诧异。不约而同地想，他怎么会知道他们在医院呢？高福星跟他不熟，但还记得上次他去李如意家拜过年，印象还是有。程主席见到高福星，也是莫名惊诧的样子。这让他不免有些难堪，想必这个程主席还没有忘记，他在地坝上跟李如意那丑态百出的一幕吧。

那时候水火不相容的两个人，现在居然相安无事在一起，换了谁，都会觉得难以置信。

而高福星和李如意都不明白为什么这个程主席会突然出现在病房，其实也很简单。文联是村里的结对帮扶单位，结对帮扶工作是程主席在负责分管。驻村工作队队员小李又是文联派过去的，他经常都要向程主席汇报村里的扶贫工作。刚好昨天下午，小李在电话里汇报工作的时候，提到了李如意被马蜂蜇伤这件事。

李如意是程主席的结对帮扶对象，一听他出了事，自然想要过来看看。不料，晚上又碰到个接待，只好将时间安排在了第二天上午。到了医院，找人也很顺利，知道他是晚上过来的，问了急诊室，很快就找了过来。

李如意想要坐起来，却被程主席一把按住了。

他这一动，全身上下都像要散架。特别是肩膀，虽然输了一夜的水，疼痛是缓解了些，但终究骨头摔坏了，哪怕手指头抻一下，整只臂膀都痛得像要断开来。脸上的肿倒是消了些，至少，看人没有那么困难了，眼睛睁开，还能看见明晃晃的一大片，不像昨天，昨天是无论怎么努力睁，都是窄窄的一线天。

万幸的是，虽然痛苦，但基本上还能自我料理。比如洗脸、上厕所，或者坐起来吃饭、喝水，就是动作缓慢，总算能应付。

高福星刚从床底下爬出来，脸还没洗呢，慌慌张张从旁边拉个凳子来让座。程主席赶忙挥手说："别，别客气！"弯下腰，看了看床下的地铺，又说，"这下面身都翻不了，该去护士站要张陪伴床。"边说着，边将手里的水果袋搁到床头柜上。

却只在床边站着，并不落座。

然后就开始寒暄。无非是问怎么出事的啦，现在感觉好些没有啦，孩子在家怎么安排的啦……当然，所有这些问题，李如意是没办法回答的，都是高福星在一旁帮着应声。待了一会儿，程主席从怀里取出一个信封，递到李如意手里。李如意一下没接住，高福星想帮他放在床头柜上，却被程主席拦住了，说："放在他衣服口袋里吧。"

又把声音压低了说："里面是五千块钱。这段时间多买点营养品，赶紧把身体养好。孩子还在家等你早点回去呢。"

李如意根本不相信自己的耳朵，五千块钱！他一年到头，在田间地头累死累活，也挣不了五千块钱啊！这样的大恩大德，今身今世，他也没办法报答呀。渐渐地，他觉得眼眶有些潮湿，舌头在嘴里囵囵了几下，总算说了句"谢谢"！

尽管吐词不清，旁边的人还是听到了。

程主席在他枕边拍了拍，说："别想太多，安心治病。有什么困难，尽管说出来，我们一起想办法。"

高福星站在一旁，虽然没言语，心里也是一震。原来，眼前这个表情略显严肃、看起来有些不苟言笑的程主席心地竟这么善良！五千块，怕是他一个月工资就这样没了吧？

正感慨着，手机响了。

是李巧妹。刚按下"接听"键，就听李巧妹在那边急切地问："怎么样了？"高福星说："在住院部。肩膀也摔骨折了，医生昨晚说，骨科医生今天要过来会诊。"

"那你走得开不？"

高福星略一迟疑，一种不祥的预感笼罩过来。

"怎么了？出什么事了吗？"他没有正面回答，反问道。他仿佛已经看到了媳妇黯然的神情。那边沉默半晌，说："如果走得开，最好马上回来。我看母猪不正常。"

正常情况下，那头母猪刚好是这两天要生产。

可是，一切都风平浪静。这样的平静，对于母猪生产来说，怎么都不是好兆头。

无奈之下，高福星只好转向程主席，试探性地问道："我家里有急事，要马上赶回去。不知道你这边能不能安排，帮忙照顾他一下？"程主席愣了愣，很快反应过来，回道："没问题，虽然我要上班，但可以安排护工！你有急事，你先走。"

李如意在床上也急了，还是想挣扎着起来，说："不用不用，我自己可以……"

"你就别犟了。"程主席按住他说，"照我说的做就是了。"

临走之前，高福星又说："昨天我打听过了，不要担心住院费。你是贫困户，报销比例非常高，好像有百分之九十几呢，自己基本上花不了什么钱。"

11

高福星回到"老屋",才发现媳妇已急得眼睛花花儿转。一见面,也顾不得说其他,直接就拉他去猪舍。

十头母猪,因为受孕的日子挨得很近,所以如果顺利的话,产仔也会像排队一样,一个接一个地来。最先生产的应该是那头跑到外面去胡乱溜达、差点闯祸的母猪。身子那么壮,肚子那么大,本以为肯定是一胎好种,不想产仔的日子到了,却什么动静都没有,只一天到晚躺在地上,"哼唠哼唠"地直喘粗气。

李巧妹昨晚守了她一夜,连眼皮都不敢合一下,生怕她出什么意外。还好,总算挨到高福星回来。

主心骨一回来,虽然也焦,也急,却毕竟是两个人。一担东西放到两个人的肩头,终归要比一个人担着省力。高福星一见这状况,也是眉头紧锁,一筹莫展。这种情况,在浙江的时候他也碰到过。按经验来说,无非两种可能:一种是难产,另一种是猪仔已在肚子里坏掉了。如果是第一种,他就要尽快安排助生。本来,正常的话,母猪产仔,不需要人过多帮忙,顶多在一旁帮忙清洗清洗就可以了。但碰到难产最棘手,你若帮忙,弄得不好,不是伤了猪仔,就是损了母体。母猪、猪仔都能保留下来,是最完满的结局。但更多的时候,你需要抉择,到底是要母猪,还是要猪仔。大多数养殖户会选择要母猪。母猪留下来，还可以再产仔，一年两抱，算五年就是十抱，收益要比救这一抱猪仔划算得多。但高福星以前偏偏不。一定要选，他就选救猪仔。他的道理也很简单，一抱猪仔一般都是十好几个，母猪却只有一头。十几个对一头，孰轻孰重，答案很简单，这是道明明白白的数学题呢。而最坏的结果，无论你怎么选，都天不遂人意，可能猪仔还没产下来，母猪就因为大出血而一命呜呼了。

第二种情况最磨人。猪仔产不出，已经在母猪肚子里坏掉了。你就得把手做好清洁，伸进她的子宫做好清理工作。你要忍受的，不仅仅是体力的巨大消耗，还有扑鼻而来、源源不断的恶臭！那种臭，是能让你吐上三天三夜、连肚子里的酸液都吐完了还想吐的臭；是这辈子你什么都可以忘记，却唯独忘记不了它的臭；是世上所有的臭全加在一起，也比不上它的臭，因为，世上纵然还有比它更恶心的臭，可是，你可以选择远离那些臭，可近在咫尺的这恶臭，你却没有任何选择，你必须一次一次靠近它，靠得越近，你才有可能将里面掏得越干净！即便你的人最后会变得跟它一样臭，你还是只有硬着头皮，绷着神经，不顾一切，迎"臭"而上！

当然，前面所说的这两种可能，是假定这"可能"已经变成了"确定"，才会显得这么条理分明。

而实际情况呢？

实际情况是，猪不可能像人那样，送到医院去体检，做个B超，什么情况都一目了然。人的最大难题，恰恰就是要在没有B超的情况下，全凭经验，判断到底是何种可能。

难产，还是坏了？

你把难产当成猪仔坏了，后果可想而知；同理，你把猪仔坏了当成难产，后果同样难以承受。

　　这时候，人要面对的最大压力，不是疲累，不是恶臭，而是对可能情形难以判断的心理煎熬。

　　高福星已经没有时间、也没有能力去准确分辨，他只能依据以往的经验，凭直觉做出判断。直觉告诉他：猪仔多半已经烂在肚子里了。所以接下来，他只能当机立断，猪仔没有了，那就要尽最大努力，把母猪保下来！所以接下来的那个下午，接下来的那个下午之后，随之而来的那个夜晚，他只专心致志地做着一件事：把母猪肚子里的死猪仔清理干净。他全身上下，大汗淋漓，而后变成湿漉漉的汗渍，到最后，除了后背、前胸，甚至大腿、脚指头全是冷冰冰的，其他什么感觉都没有了。

　　这个过程中，母猪一直顺从地倒在地上，不做丝毫反抗。很多时候，还表现得十分配合。比如鼓一鼓肚子，想用力把里面的烂东西排挤出来；比如轻轻地动一下脑袋，好像要往高福星这边挨一挨，既表示亲近，又表达感激的样子。

　　但它还是虚弱得好像只剩下最后一口气了。最明显的生命体征就是，肚皮一起一伏。

　　肚皮一起一伏，那就表示，它还活着。

　　只要活着，高福星手里的动作就不会停下来。

　　高福星尽了最大努力，他想要挽救那头母猪。这时候，母猪在他眼里再也不是一堆白花花的钞票了，而是活生生却奄奄一息的生命！

　　是的，是生命！

　　只有在这个时候，只有他和它离得如此之近，仿佛通过一只手臂连成了一体，只有他明显感觉，他和它，正通过这只手臂相互传递着体温，感知对方的心跳、疼痛和怜惜，他才觉得，它不是一头猪，它是和他一样的生命。

他给它打针，他给它清洗身子，他除了在随后的五天时间里，每天都要给它洗三次澡；忍到最后一刻，再也忍不住，赶紧跑到猪舍外面去呕吐，他片刻也不敢离开。不管白天，还是晚上，他一直都守在它的身边，一会儿用温水擦擦它的身子，一会儿忙着兑药水，一会儿又强行想给它喂点吃的。虽然很多时候，根本就喂不进去，但他还是要喂。哪怕喂进去一点点，他也觉得很宽慰，他就觉得，好！总算又可以坚持一会儿了。

就好像，他自己也可以跟着坚持一会儿一样。

媳妇看着心疼，说："你先休息一会儿，我替你看着。有什么情况我再叫你。"他说："好！"媳妇反复提醒几次，他也反复说了几次"好"，可就是不见他走开，不见他爬到隔层的铺上去。他也觉得奇怪，明明身体已经累得像马上就要瘫下去似的，可眼睛就是不愿意合上！

可眼睛就是合不上！

然而，他和媳妇都不愿意见到的一幕还是来了。

来得自然而然。

来得无可避免。

母猪最终还是闭上了眼睛，再也没有睁开。尽管它也很不情愿，但没有挣扎，就好像，只是要闭上眼睛好好睡一觉。当然，也可能是，走到生命尽头的它，再也无力去挣扎了。

高福星凄惶了一阵，像突然打了个冷噤。也怪，春天都来了好久了，居然还在打冷噤。他其实很清楚，他只是个养猪的，不可能像文化人那样，为了某件事执着地陷于自我情感的世界而无法自拔。

这一头母猪没有了，还有另外的九头等着他去照料呢。

对，他还有另外的九头母猪，都是处于待产期的三四百斤重的大肥猪。他必须振奋精神，为下一个可能到来的意外做好充分准备。可是，当他剖开母猪肚子的那一刹那，他还是心疼了，他还是凄惶了，他还是情不自禁，又打了个冷噤。

他看到了什么呢？

他看到，母猪肚子里还有两只小猪仔，安详地蜷曲着，像正在熟睡一样。

等李如意半个月以后从县医院回来，高福星的猪舍里已经到处都是叽里呱啦的猪仔叫唤声了。剩下的九头母猪没有让他失望，它们为他一共产下了一百六十八只小猪仔。这些小猪仔，过一段时间，还要经他挑选，然后踏上各自不同的命运之途。那些体格健壮、种性优良的小母猪会被留下来，继续在高福星的猪舍里长大，然后繁衍后代；而另外一些目测一般的猪仔，会在一两个月以后被卖掉，买家再养上两三个月，或更短时间，然后无可选择地走向它们的不归路——屠宰场。当然，如果到时候市场行情不好，他也可以选择自己先养着，到了下半年，特别是十月、十一月以后，价格肯定会上升，再直接进入猪肉市场。

如果这个"如果"不成立，那么，他就可以快速出手，回收现金。要知道，现在，特别是现在，钱不但是他和媳妇的命，也是那些活蹦乱跳的小猪仔的命呢。

李如意回到家，完全不像是从医院里刚出来的样子，面色红润不说，脸上的肉挤在一起，圆滚滚的，把原先好多深陷下去的皱纹都填平了似的。可见，他在医院一定得到了很好的照顾，没吃什么苦。这样的照顾，也许是他活到近四十岁以来，遇到的头一遭呢。

然而，他在医院的好运，并没有延续到他的家里来。

他一回来，一件事就给了他当头一棒！当他急匆匆地来到蜂房，顿时傻眼了。蜂房里哪还有什么蜂啊，除了空荡荡的蜂箱，还有一些"嗡嗡"乱叫的屎蚊子，以及一些堆得乱七八糟的木柴棒，什么都没有了。

他的心，也跟着落空了。

就像突然被什么东西狠狠地刮了一下。一下，就干干净净，什么都不剩了。他就后悔，为什么不叫高福星帮忙照看一下呢？不就是自己不好意思，拉不下面子吗？现在好了，真是死要面子活受罪。蜂没了，那不就等于，他一年一万多块钱的收入就此打了水漂，再也不会回来了吗？想到这儿，他就觉得心痛。是那种钻心的痛，仿佛要痛到骨髓里去一样。可是，他哪里知道，就算他真说了，高福星也未必有那个胆量来帮他照看。他可是一见蜂影，甚至一听到蜂声拔腿就会跑的那类人啊。更何况，他自家的母猪都照顾不过来呢，哪里还有精力去管其他？

送他回来的程主席，见到这种状况，也是很不忍。

程主席说："反正都这样了，先不管它。我把驻村工作队的小李叫过来，我们一起帮你把秧插了再说。"

现在村里栽秧种粮的不多了，多数年轻人都到外面打工去了，留在家里的，不是老弱病残，就是像李如意这样的，完全抽不出劳动力到外面去，只能窝在家里种庄稼勉强混口饭吃。甚至，他连很多老弱病残都不如，那些老弱病残，还有在外打工的亲人时不时往家里寄生活费，而他，又有谁给他寄呢？

村里到处都是大片大片荒芜的田地。人们宁愿让田地荒着，也不愿多花精力去侍弄。想想也是，反正衣食不愁，劳神费力去种庄稼，赚不了几个钱不说，万一把身体累垮了，那才叫"偷鸡不成，倒蚀一把米"呢。

李如意不像那些人，他不动，他和儿子就没得吃，没得穿。尽管现在得到政策的好处，帮扶人也时不时送点给点，但哪能指望那些过日子呢？好政策是帮你过上好日子，帮扶人也不能替你过日子。

这些道理，他都懂。

他唯一不懂的是，厄运为什么老揪着他这样的老实人不放呢？

好在生活中也不仅仅有厄运，还有程主席，还有工作队的小李，还有孔支书……应该，应该还有高福星，和他的妹妹，以及其他很多很多、他一时也叫不出名字来的好人。他们就像暗夜里的点点星辰，在他头顶亮闪着，有时候给予他前进的勇气，有时候帮他照亮彳亍的方向。

他面前的道路很窄，却也很亮。

所以，他不会自暴自弃。更重要的是，他还有那么可爱的儿子要养呢。

12

李如意家的养蜂业，自此便告一段落。我们可以假设，假设他没有遭到马蜂的袭击，他还安然无恙，那么，剩下的那两桶蜂是否还一如往常，正在源源不断地给他搬运蜂蜜呢？可能会，也可能不会。可能过一段时间又跑了一桶，也可能过不了几天两桶全没影了，跟现在的结果没什么两样。

说到底，养蜂是具有一定技术含量的活，脑子灵光，肯钻研，爱琢磨，把中蜂的生活习性摸透，把可能出现的各种危害搞清楚，及时发现问题，及时解决问题，而不是一定要等技术员来，那么，还是有可能成功。事实上，村里也确实有人养得不错。二十四户贫困户，一直在养蜂，蜂桶在不断增加的，差不多还有一半。

对于那没能力再继续养蜂的另一半，又该怎么办呢？政府当然也会料到这一层，所以扶贫政策从来都不是单一的，而是从多个方面切入，全方位帮扶。比如可以像癞头那样安排公益性岗位，解决生活上的燃眉之急；比如可以发展到户产业，给予适当补贴；比如可以入股村集体企业，年底分红……因为每一户的具体情况又有所不同，所以在享受政策的时候，也会有各种各样的差异。

李如意不能养蜂了，孔支书就建议他可以申报"到户产业"。可是又一想，时间不对头呢，只好说："今年申报时间已经过了，等明年再说吧。"原来，到户产业的申报时间一般安排在一至三月。如果李如意打算养猪，他需要先把猪买回来，然后向村委写申报材料，材料里面要包含他和买来的猪在猪圈里的合影，证明真实性，村里经过初审，然后报到镇上；镇上审批过关，到验收时，如果猪还一直养着，就可以按每头猪四百元的标准领到补助。但无论你养多少头猪，补贴上限不能超过一千元。假如李如意养两头猪，他就可以领到八百元补助。因为上限为一千元，如果他想把两百元余额领齐，就可以选择养鸡或者养鸭。按每只十元补助标准计算，他还可以养二十只鸡或鸭。

单说养猪，按当时的市场价，一头猪苗大约四五百元，换句话说，其实就是国家帮忙把猪买来，贫困户自己养大，然后卖掉赚钱。

这么好的政策，对李如意来说，绝对如雨后甘霖。可是，现在孔支书又说，申报时间已过，要等明年。中间这半年多的空档期，他又能做点什么呢？

儿子看着父亲愁眉苦脸的样子，以为是他的病还没好，才显得那么苦闷神伤，就说："老汉儿老汉儿，你别担心，先忍着点，等我以后长大了，有钱了，再想办法给你好好治。"李如意一听这话，真是既暖心又好笑。他爱怜地摸摸儿子的脑袋，也不反驳，只笑笑，说："好！好！好！等你长大了，有钱了，再给老汉儿好好治！"

孩子毕竟是孩子，他只看到父亲扎着绷带，吊着手臂，就以为这是一切痛苦的根源。他哪里知道，在人心深处，还有更多比皮肉之伤、比筋骨之痛更为痛苦的事呢。

令李如意更为痛苦的，除了为生活无计而忧虑，更有严重的心理失衡。

照理说，这次多亏了高福星的帮忙，他才迅速得以医治，不至于病情恶化，闹到不可收拾的地步，他应该感谢才是。他也确实准备了很多感谢的话，等回家以后，找到合适的机会，便要表达出来。可是，当他回到家，一方面自家养的中蜂跑得一只都没留下，再次陷入落魄的境地；另一方面呢？高福星家却一改往日一蹶不振的面貌，突然呈现出欣欣向荣的景象：成群结队的小猪仔，不是在母猪肚子下面扎堆咬奶头，你推我挤，好不热闹，就是摇摇晃晃绕着猪圈瞎转悠，一边转，还一边"哼哧哼哧"，快活得跟小孩唱儿歌一样。

卡在喉咙里的那些感谢的话，便一句也说不出来了。

想想，世事变化也真是快啊。两口子刚回来那阵，连个落脚的地方都没有，还是自己做的缺德事，使他们搬出了五保家园。虽然回到了老屋，也只能跟猪住一块儿。可是，可是现在呢？也不过几个月的光景，情形就大变了。他们那边的热闹非凡，对比着自己这边的冷清寂寥，真正是让人心里一片荒凉啊。不，怕是连荒凉都还算不上。你看看对面那些茂密的山林，你再看看房前屋后这些田间地头，哪一处，不是荒凉透底呢？

没有人迹的地方，或曾经有过人迹，又有好多年都没有了的地方，都荒凉着呢。可那些荒凉，是带着生机的荒凉，是郁郁葱葱的荒凉，是缺少人迹的荒凉。而李如意的心里呢？那是一种彻彻底底的荒凉。没有生机，没有绿意，虽然满眼满心里都是人，却比没有人的荒凉，更为荒凉呢。

所以，当高福星过来跟他说："要不，我先给你两头小猪仔养着，等你明年把'到户产业'申请下来，再把钱补给我？"他却一口回绝了。

李如意没有领情，这让高福星颇感意外。一来，虽然大家都没有明说，但自从他不计前嫌，把李如意送去医院以后，其实各自心中的疙瘩算是解了大半，正常来说，这种雪中送炭的好事，是没有理由谢绝的；二来，李如意正在走投无路之际，就好比浮在水中，却没有力气划动手臂，这时候有人递过来一根竹篙，你只会拼命抓住，哪有先分辨清楚是谁递过来的竹篙，再决定是否抓住的道理？

更重要的是，高福星准备把小猪仔先给李如意养着，这个决定本身也不是那么容易就做出的。虽然表面看来，他猪舍里关了一百六七十头猪，但是，就算把这些猪全卖掉，也才刚好可以把在浙江欠的债还了，就相当于，他的口袋依然是轻飘飘的。本来自身都难保呢，还要多管闲事替别人操心，所以他一提出这个建议，媳妇就说："现在正缺钱呢……"话只说到半截，剩下的半截，留待他自己去琢磨。他思来想去，好不容易说服自己，又说服了媳妇："钱再缺，也不能缺德呀……"他也只把话说到半截，剩下的半截，让媳妇自己去领会。

两个人的意见总算达成一致，却不想在李如意这里，还是热脸贴上了冷屁股，他心里头的复杂情绪，真正是一言难尽。不过，即便李如意不领情，他还是觉得自己没做错。领不领情是他的事，搭不搭手是我的事。我把手伸出去，这就表示，我的心意尽到了。

李如意可以谢绝高福星的提议，却不能谢绝生活对他的刁难。

还是那个老问题，现在，他该怎么办呢？

在这个问题上久久得不出答案的，不仅是李如意，还有孔先行，还有村主任，还有驻村工作队。他们也在为李如意这个贫困户接下来的生计而忧心。为这事，他们专门开了个会。

孔先行说："现在还有一个办法，我提个议，看行不行。

村里的木耳产业，以前都是拿百分之二十的干股出来，分给贫困户。每户每年大约可以分红近两千元。考虑到李如意家的特殊情况，又要养孩子，不能腾出劳力去赚钱，我们可不可以再按每人二十段的标准，给他们家免费送四十段青杠木，包菌种，让他自己去种木耳？成品出来，他可以自己去外面卖。如果不好卖，我们也可以回收。这样的话，他一年应该又可以增加一两千元的收入。两个人的基本生活应该是可以保障的。"

大家议了议，都觉得这个办法好。

李如意得到村里照顾，自然也是喜出望外。一颗悬着的心落了地。至少，他不用担心，这一年下来，落得个两手空空了。

接下来就是种木耳。

村里种木耳的场面他是见过的，好几次，他还带着孩子一起去参加了。孩子当然也不会具体做什么，无非是帮忙把散落在地上的菌种捧起来，放回铺展开的塑胶纸上，或者纯粹把个"虫虫儿"掏出来，往天上撒泡尿，引得男男女女一阵开怀畅笑。对面的老爷爷说："如意，看你儿子这阵仗，以后娶一个媳妇怕是不够用哈。"这边的大叔点着根叶子烟，来了兴致，接过话茬说："一个不够就两个，两个不够就三个。只要有钱，怕啥！"不远处有几个小姨扎堆在一起，年纪大些的忍不住了，喊道："你们别瞎扯哈。现在可不是旧社会，还能三妻四妾不成？"小孩子也耐不住寂寞，睁着一双清澈的大眼睛，好奇地问："老汉儿老汉儿，什么叫三妻四妾呀？"有人就哈哈大笑起来，说："小子，你先不要管什么叫三妻四妾，只管把钱挣多了再说。"有人却看不惯，连连嗔怪道："你们看看，你们看看，是不是把孩子教坏了？如意，下次不要把儿子带来了！"但说笑的人只管继续说笑，听的人也只能继续听着。都知道并不恶意，不过是因为无聊，需要找点什么来开涮，所以也没有谁真正当回事。

但李如意终归是不太愿意听这些说笑的，所以尽管大家是以他儿子为话题，他却基本上不会插什么话。虽然他也听得出来，大家都是表扬他儿子"功能"强大，以后会人丁兴旺，这本来是好事，但这种话题一出来，总难免跟他这个单身汉形成鲜明的比照。他自然而然就会有这样的敏感：大家说他儿子的好，不就是暗讽他的孬吗？

还是先说正事。

既然要种木耳，顶顶"正"的事，首先就是如何种木耳。村里种木耳，场面大，步骤多。概括起来，大致需要如下几道程序：

第一是选址。一般来说，木耳基地要选在视野比较开阔的地方，保证需要雨水的时候，雨水充沛；需要阳光的时候，阳光充足。场地要尽量平整，宽阔，不能沟沟坎坎过多，影响后面上架。村里的五万余段木耳，分布在十多亩土地上。周围绿树成荫，百草丰茂。本来十分肥沃的田地，因为没有人耕种，现在闲出来，反倒成了种木耳的好地方。土地都是村委向村民租用的，按亩计租金。又因为一般两年以后，同一块地，细菌增多，容易在青杠木上生杂菌，就不再重复使用了。也就是说，等到下一批青杠木到来，再种新一批木耳的时候，土地也就要跟着换新的了。一句话，对土壤的要求就是，太干了不行，太湿了也不行。干要能干到，需要阳光照射的时候可以翻来覆去均匀受热；湿也要能湿到，需要受潮发酵的时候可以很轻松地吸收到地面的湿气。

第二是平场。这一步相对简单。无非是将选好的场地进行必要的整理。杂草长得过于茂密，需要把草割掉。有几株不知名的小树耸立着，那就三下五除二，砍了就是。若还有一些散布的石头，能推到一边就推到一边；若石头大了点，一个人搬不动，那就多来几个人，一起往边上一抬，只要不碍事就行。总之，最后形成平平整整的一大块，才比较理想。

第三是备料。要准备的材料也不多，一是青杠木，一是菌种。青杠木的来源较为庞杂，每逢采购，首选自然是本地村民，既可以节约运费，又能照顾村民增收。但本地青杠木产量不高，不能完全满足需求，所以更多的时候，只能向周边区县引进，比如万州、开州等。也有一部分是从四川青川买入的，因为那边的木耳产业发展非常好，木质优良，菌种物美价廉，所以村里的菌种都是在那边买的，在买菌种的同时，捎带着也会拉一些木头回来。买回来的青杠木，不能太粗，也不能太细，大约碗口粗最合适。都是一段一段分好，每段在一米二上下不等。这个长度也不是凭空臆造出来，一切都是为了方便后面木料上架和木耳采摘。

第四是钻孔。钻孔的工作说起来简单，做起来也不容易。每段青杠木上，要钻若干个小孔，孔与孔之间，留约二指宽的距离，以不影响各孔菌种以及后来的木耳生长为宜。孔深也有讲究，太深了菌种不易生长，太浅了菌种又易散落，所以大都在一根指节左右。

第五是点菌种。这道工序最重要。菌种点得好不好，直接影响木耳的生长。如果菌种点得到位，后面木耳生长就很顺利，只要雨水丰润，收成就十分可观；反之，如果菌种点得马马虎虎，看起来程序是完成了，结果却不尽如人意。问题既可能出在菌种点进孔里的时候，散落太多，又不及时补充，也可能是用木楔封孔的时候，用力太小，或用力不均，当时不留意，过几天木楔就脱落了。所以，点菌种对人的责任心要求就更高些。但村民毕竟只是村民，不是道德高尚的楷模，一些人做事非常细致，一些人可能就比较马虎，完全靠自觉，可能就会出娄子。所以，每当点菌种这个环节，村委都要派综治专干到现场——他在技术方面更精到一些，你说指导也罢，说监工也可，反正就是安排个人照看着。不懂的可以问，懂的只管埋头做事，若有不合规范的地方，他也不会客气，会一是一、二是二，给你点出来。出错的人往往也不好意思辩驳，只管闷声不响，改完了事。就算心里有天大的不满，也只窝在肚子里，不吐出来。村里选择来帮工的人，也有一定的倾向性。首当其冲的，就是贫困户。考虑完贫困户，人手还不够，才会让其他村民来参与。点菌种施行的是计件报酬制，也就是说，每点完一袋菌种，每袋约两斤左右，付五元酬劳。那些手脚麻利的，一天下来，点个二三十袋不成问题。二三十袋，也就意味着一百至一百五十元工钱。虽然不是年年月月都有这样的好事，但每天有上百元的收入，哪怕只是短暂的几天，对于贫困户而言，也是不言自明的好事。

第六是翻料。菌种点完以后，一段一段的青杠木，你挨我，我挨你，密密麻麻，摆得水泄不通，像战场上的无数士兵，正在列队布阵，攻城夺池，赢得最后胜利。那种阵势，真正是排山倒海，酣畅淋漓。之后的一到两个月，就要翻料。也不宜太频繁，约三四次即可。即每过半个多月就要翻一次。翻料的作用在于，既可以保证青杠木在阳光下均匀受热，保持适宜温度，便于菌种发酵，又能及时将接地的那一面生出的霉菌清除，还能防止白蚁掏空孔里点好的菌种，可谓一举三得。

第七是上架。待青杠木每一面都翻过了，木耳也开始不声不响，渐渐冒头了。这时候就可以上架了。村民们砍来楠竹，一部分截成如青杠木一样长短，像搭三脚架那样搭两个支架，楠竹下端被削尖，一般是三根，分开一定距离，插进土里，上端用铁丝，捆在一起，牢牢固定。用一根粗壮、长直的楠竹，可三四米，也可四五米，架在已经固定好的两个支架上。中间再用宽大的楠竹片，同样，一端插进土里，一端与横架的楠竹绑在一起，架子就算搭好了。最后，将一段一段青杠木像摆放枪支一样，整整齐齐，从两边，一端置于地上，一端靠着楠竹。至此，上架工作就算完成了。

第八是锄草。这个工作可做，也可不做。可做是指，如果草长到足够高，已经把青杠木的下端淹没掉，严重影响到木耳的生长和采摘，那就必须要锄掉；可不做是指，虽然长了草，但都是些很矮小、几乎可以忽略不计的小草，则可以暂时不管它。

第九是采摘。上架的木耳，只要有一场合适的雨下来，比如一般大小的雨下个两三天是最好，木耳就会疯也似的生长。雨太大，木耳生长就会过了头，虽然叶片大，却很薄，吃起来少了嚼头，无嚼而无味，不是上等的木耳；雨太小，叶片生长不足劲，很难达到理想状态。只有适度的雨水下来，才能生长出最好的木耳。等雨过天晴，视太阳的烈度，过一两天就可以采摘，若是大太阳天，半天左右就可以。接下来就是晾晒、筛选分级、包装、上市，技术含量相对较低。分级工作稍微麻烦些，不但需要耐心，更需要好眼力、好手感。看起来不大不小，摸起来厚薄适度的木耳，可列一等，然后才是二等、三等、末等。

李如意得到村里照顾，虽然需自己种木耳，但这些程序是一样都少不了的。不过，对于他来说，这些都不是什么难事。这几年，他跟着大家一起在村集体帮工，该学的，都学得差不多了。在他看来，种木耳虽然程序多，但总的来说，比养蜂简单多了。特别是家庭种的话，很多程序其实是没有那么多讲究的，顶多就是在点菌种的时候尽量用心点就行了。

李如意的真正难题，不是怎么种木耳，而是在种木耳的过程中，如何克服自己的心理障碍——他种得再好，也不过才四十段呢。这能值多少呢？看看旁边那一家热火朝天的养猪场面，才着实让人眼红嫉妒恨呢。

说到恨，好像也不是原来那种"恨"了。

到底是哪种"恨"，他一时好像也说不清。

也许，这恨，已不再是恨别人，而是恨自己。恨自己这块铁永远只是一块铁，怎么炼也成不了钢！

13

夏天一来，整个世界好像都变了样。原先嫩绿绿的树叶颜色开始深沉起来，从翠绿换成了碧绿，叶片也慢慢硕大，那些透明的叶纹像筋络一样，已经变粗，定形，凸现出来。层层叠叠，密密麻麻，风一来，此起彼伏，像海浪，漫山遍野地翻滚、腾挪、咆哮。村庄，就像一屿被海浪包围的小岛，静谧，安宁，一片安居乐业的祥和景象。

高福星紧锁的眉头终于舒展开来，面容恬淡而闲适。回乡以后，打了半年多烂仗，现在的日子依然不能算好，他和媳妇还是以猪舍为家，日日夜夜，都跟猪打成一片，但最艰难的时刻总算是过去了。经过再三权衡，他留下了三十头小母猪，又选了十来头活蹦乱跳的猪苗当商品猪来喂。其余的，全都卖掉了。也就是说，只要不急于还债，他的手里总算有几个余钱了。

慢慢地，也就有了些闲暇时光。

闲暇之余，他喜欢坐在猪舍外面的空地上，一边眺望对面的山林，一边陷入沉思。他首先想到的是，应该立即着手扩建猪舍。现在的猪舍是在原来老屋的地基上建起来的，养几十头猪，小的还好说，完全没问题，但猪在一天天长大，所占面积就会一天天增加。如果等留下来的那些小母猪全都长成大母猪，然后受孕产仔，到时候少说也有四五百头猪，原来的猪舍肯定就不够用了。然而，周围能利用的自家土地却很有限，养几百头猪问题倒不大，如果再多，怕是怎么也不行了。好在这一天还没有到来，他倒不必为八字还没有一撇的事伤脑筋。

但这一天恐怕终究会到来。

那就等来的时候再说吧。他的目光又扫向了对面的山林，然后慢慢低眉，扭头，转身，这前前后后，上上下下，哪一处不是被绿树、野草、鲜花所包围？搞养殖，辛苦是辛苦些，但每天都置身于浑然天成的自然环境中，每时每刻都呼吸着这个世界上最新鲜的空气，不也是一件值得庆幸、值得欣慰的事吗？

他的眼前突然灵光一现：这么好的自然条件，我怎么从来就没有想到过利用一下呢？他的心里涌起一股莫名的兴奋，止也止不住。这种感觉，简直跟媳妇第一次牵手差不多呢。

媳妇。对，还是先听听媳妇的意见。

高福星就喊："巧妹，你过来一下。"

李巧妹正在喂猪，听到这边喊，将手在围裙上搓了搓，就走过来，说："怎么啦？"

高福星示意她挨着自己坐下来。"我有个想法，跟你一起斟酌斟酌，看行不行。"李巧妹也不作声，只静静地等着。这么多年来，他和她早已经形成默契，只要他想干什么，她总是在一旁默默地听着，也不管他到底要干的是什么，最后一定是全力支持。他说"一起斟酌"，是对她的尊重。而她，一直都是那个夫唱妇随的她。只要高福星说往东，她绝不会往西。哪怕前面是死路一条，她也会跟着他，一条道走到黑。

高福星牵过她的手，放在膝盖上，忽然话锋一转，说："这些年，你跟着我受委屈了。"李巧妹以为他要说正事，却没想到像要谈情说爱似的，有些茫然，又有些腼腆。

但她还是安静地等着。

高福星接着说："不过，我琢磨着，我们的好日子很快就要来了。"这个她知道，他们这样累死累活，拼了老命似的苦干，不过几天好日子，那是老天不长眼啊。再说，以前的好日子也过过呀，只不过……哎，过去的事就不说了。

"你看看这周围，"高福星伸出手，四下里指指点点，"都是用不完的好资源啊。如果我们把这些资源用好了，说不定哪天我们就可以当跷脚老板了。"李巧妹知道他要说到正题了。这个她懂，山里的草长得欢实，猪草就容易收割。但高福星下面的话，却是她没有想到的。

高福星说："我打算再养一批珍珠猪。"

李巧妹像扯猪草时被林间的野刺扎了一下，身子微微一颤，侧过脸，有些不解地望着他。珍珠猪她当然知道，在浙江的时候，很多养殖户都养。那种猪个头小，一般都只有几十斤，特别好的，也能长到一百多斤，但很少能超出两百斤重。因为与一般的商品猪比起来，个头非常小，所以就取名"珍珠"，意为小而珍贵。珍贵也是确凿的。一般的猪肉才卖十几元一斤的时候，珍珠猪就要卖四五十元一斤。这是因为，它的肉质比一般家猪更细腻、鲜美、香润。因为价格高，普通人家很少买来吃，倒是各种饭店、宾馆或山庄要得多。特别是休闲山庄，所有的烤乳猪，都是用的珍珠猪。就是说，这种猪好是好，销路却不一定有商品猪那么好。要走，也只能走中高端市场。

"可是，我们现在在山上养猪。销路，能打开吗？"

高福星仿佛早已看穿了她的心思。他说："你还记不记得，我们从云阳县城回来，用了多少时间？"李巧妹不知这话何意，迷迷糊糊地说："好像，一个多小时吧？"

"对，按一般时速，也顶多一个半小时。"高福星说，"一个半小时的车程，很远吗？"

李巧妹这下明白了，高福星的意思是，他们不要把销路像商品猪那样，只盯着镇里，或者周边乡镇。他们果真要养珍珠猪，完全可以销到县城去。

县城，不就有中高端市场吗？

那个夏天，人们又看到高福星开着他的小货车，在乡村公路上不停地进进出出。今天拉沙，明天拉水泥，后天又拉空心砖，再后天，人们也懒得关心他到底拉的是什么，无外乎就是些建筑材料吧。人们只是在心里嘀咕，这家伙，不知道又在捣鼓些什么。但大家心里已经渐渐地有感觉，到底是在外面闯荡过的，做起事来，果真还是像模像样。

这一次，高福星之所以把材料买得齐全些，一方面是镇上畜牧兽医站已经来检查过，督导必须进行污染治理，相应的设施设备需要整改，具体来说，就是重建贮液池、干粪池和沼液池，其他如雨污分流管、还田管网、水泵等也要同步完善；另一方面，他和媳妇在猪舍里住了也半年多了，再住下去，怕是真的要氨气中毒了。所以，他准备借着这次机会，索性在猪舍旁边搭建个简易的管理房，相当于，他和媳妇就可以搬个"新家"，不必日日夜夜和猪睡在一起了。

他和媳妇虽然没有明确分工，但事实上，那段时间他的主要工作就是扩建猪舍、搭管理房，完善污染治理所需的设施设备。媳妇则负责喂猪，煮饭、上坡扯猪草，有空闲时间，也会过来搭把手。针对整改内容，他先是在猪舍地面敷上一层水泥，厚度按畜牧兽医站的要求施工，但水泥与圈舍四壁不能相接，之间留出相应宽度，其实就是，四面是沟壑，中间是凸出的平地。这样，他只需每天早上把高压水枪往地上一喷，无论多少粪便，都被冲进边沟里，顺着外接管道，分流处理。

新猪舍搭建起来相对容易，无非就是些楠竹啊木截棍棒之类，东拼西凑，形成个完整的圈舍即可，这些工作靠他一己之力就足可胜任，难的是建管理房。管理房设计的是两层，第一层还勉强可以坚持，但到了第二层，靠他一个人已经非常吃力了。想想啊，在木架上上上下下，又是搬砖，又是敷水泥，一般人的两只手，哪里顾得过来？媳妇毕竟是女性，力气再大也大不到哪儿去，递递工具，扶扶架子问题不大，真要帮忙搬砖，也是望洋兴叹、有心无力呢。

正在犯愁，不想李如意却露面了。

李如意这段时间除了侍弄他那四十截木耳，就是在家养伤。常言道："伤筋动骨一百天。"细细算来，一百天，好像也差不多了。实际上，才两个多月的时候，他就把绷带扯下来了。一天到晚把只胳膊吊在胸前，他实在不舒服。今年雨水好，过几天一场雨，过几天又是一场雨，他的木耳都摘了好几回了。茸嘟嘟的，厚厚实实韧劲强。因为量少，也不好单独拿到镇上去卖，就还是送到村里，让他们回收，统一去卖，这样更省力、更划算。

李如意到了高福星近前，也不开腔，直接就跑到地坝中间，搬起块空心砖就走了过来。高福星刚开始不知道他要干什么，还以为是不是又要过来看他笑话："怎么样，你高福星也有被难倒的时候吧？我们现在比比，你看你，糊得鼻子眼睛都没得了，我呢？至少还穿得整整齐齐、干干净净，像不像个优哉游哉的小监工？"他李如意别的本事不大，看人笑话的本事绝对一流。这是高福星以前对他的印象。但是现在，他竟然帮忙搬起砖来了。高福星就觉得，脸上开始火辣辣的，像被什么烫着了似的。

高福星想说："你伤还没好全呢，我自己可以。"但对方不开口，他竟然也开不了口。这人啊，真是个奇怪的动物，明明有很多话想说，却怎么也说不出口，个个都像木头人似的。不说就不说吧，反正大家又不是三岁的小孩，哪些事做得，哪些事做不得，心中自然会有数。

李巧妹从猪舍出来，看到眼前的一幕，也是惊得一时合不拢嘴。随即，她也像什么都没发生似的，不声不响地走过来，将茶壶里的水倒了两杯，一杯递给高福星，一杯递给李如意。茶水递过去，本来也想叫声："哥，喝口水。"却也像两个男人一样，话到嘴边，硬是没有叫出声。

十几年的疙瘩呢，哪有说解开就解开的道理？

就算心中已经不再继续忌恨，是个人，都有脸面，哪里肯轻易就服输？

多个人手帮忙，进度果然加快了许多。虽然大家都在闷声不响地劳作，但这样既尴尬又融洽的场面，仿佛一剂催化剂，把各自的内在潜力都充分发挥了出来。有时候确实有点累了，一看，旁边都没歇息的意思呢，不行，我不能停。于是，又咬紧牙关，继续搬砖的搬砖，封墙的封墙，递水的递水。

虽然四周都是绿荫如盖的山林，但老屋这一片，因为能建的建了猪舍，能平的平了场地，头顶的阳光照射下来，依然如烈火般炙烤。特别是到了正午，更是像煎油糟，不把人全身的油气、汗水煎出来，决不罢休一般。如果没有李如意在，高福星早就把衣服一脱，光着膀子上阵了。

到了午饭时间，再不开口真就是没礼貌了。

高福星使了好几次眼色，示意李巧妹。李巧妹也看见了，忍了几次以后，终于说了句："……一起吃饭吧？"

李如意额头上流着大颗大颗的汗滴，四股筋的汗衫，前胸也好，后背也好，像刚从水里爬起来似的，湿漉漉的一大片，紧贴着厚实的肌肤。他却回道："不了。孩子还等着呢。"

李巧妹说："那我去把孩子叫过来。"

李如意提高了嗓门，说："不了。我来之前已经把饭煮好了。"

14

那一日，高福星把专门用来抽液体粪便的水泵从镇上拖回来，路过木耳基地，远远地望见一个人。只见那人左右肩上各扛着一段青杠木，埋着头，弓着背，走起路来嘿咗嘿咗，即便在山路上，也有点"水上漂"的味道。

这是村里新种的一批木耳，刚翻料结束，这几天就要上架。但是，通常来说，上架也不需要挪地方呀，他这是要搬到哪儿去呢？况且，就算要搬，也不可能是他一个人。村里的集体产业，要动肯定是好多人一起动。高福星虽然没有参与过，可哪一次，他不是看见三五十人的劳动场面呢？请过来帮工的人，除了点菌种是按件计酬，其他工序都是按天计，每天五十元至八十元不等。之所以工价有高低，一是考虑到年龄因素，年纪轻、动作快的自然工价就高些，年纪大、动作迟缓的就相应低些；二是还存在偷懒问题。有些人，虽然好手好脚，也还年纪轻轻，却总以为这是在吃大锅饭，干多干少反正一个样，不会因为做得活多，报酬就多，也不会因为做得活少，报酬就少。久而久之，就形成了偷懒的恶习。村里发现了这个问题，于是，就由在现场监督的综治专干根据每个人一向的工作态度和实际情形，给出不同的工价。也有人会不满，说综治专干可能徇私情。跟他关系好的，活干得再差，工价也高。倘若对他有意见，在工作中跟人闹过别扭，他就会故意打击，把工价压得很低。

但万事难两全。

说归说，做归做。很多人待在家里没收入，能帮点工，挣点是点，顶多说几句，或者干脆窝在心里什么也不说，管他多少，一天几十块钱，反正是少不了的。再说，你真正在卖力干活，大家都睁着眼睛盯着呢，也没有谁敢专门跟你过不去。

再近些，才发现是癞头。

高福星心里打了个嘀咕，把车停在路边。

等癞头到了近前，高福星说："哥子，这木耳是要准备往哪儿搬呀？"

癞头愣了愣，停下来，歪着头，眯起眼睛，一副十分迷茫的样子，像是自言自语，又像是对着遥远的天边，说："往哪儿搬？"然而像突然明白了什么，警惕地大声道："你管我往哪儿搬，关你啥事？"

高福星没想到随便这么一问，竟然碰了一鼻子灰。虽然他也知道这个癞头不是什么好惹的主，小时候还是靠一双拳头才制伏了他，从此不敢再欺负孔先行，但自从回乡以来，两人也算相安无事，平日里大家都各忙各的，可谓井水不犯河水。不，也不能说"各忙各的"。他高福星在忙是事实，可要说癞头也在忙，就未免牵强了些。癞头一辈子是个闲散命，看到他像今天这样肩扛青杠木耳的日子，实在不多见。

高福星不想跟他发生口角，毕竟，这木耳基地也不是自己的，是村里的集体产业。再多说，真的就是自讨没趣了。

"那不打扰你！哥子你先忙。"高福星脚下油门一踩，早已轰出去一大截。

路过癞头家门口，他有意识地往地坝那边瞥了一眼。虽然只一眼，他还是看清了，没错，至少好几十段青杠木耳堆在那里呢！一旁，那个"精神病"弟弟今天看起来还算正常，正在一段一段地整理，好像要把每一段的间距摆得完全相等，他才放心似的。

高福星像明白了什么。

回到家，他就开始去安水泵。水泵安好，他的扩建和整改事项就算基本完成了。他以为他可以把刚才看到的全忘掉，即使没忘掉，也可以完全不当回事。可是，他做不到。

他做不到，不仅仅因为他看不惯癞头的所作所为，从小到大，几十年过去了，他居然还是没有改掉他的那些臭毛病！他做不到，也不仅仅因为孔先行现在是村支书。别人损害村集体的利益，实际上就是给孔支书出难题。孔支书是他的大恩人。有人给恩人出难题，不就是给他出难题吗？他做不到，可能还因为，他其实还想到了一些别的什么。

别的什么呢？

他还没有一个很清晰的头绪。

也许，癞头就不应该是这种活法吧？

他还是没忍住。他停下手里的活，拨通了孔支书的电话。

癞头被叫到村委，是在那天下午。

见了面，孔支书也不拐弯抹角，直接切入正题，说："你知道你这种行为叫什么吗？"癞头脸上完全是孩童那般天真无邪的表情，说："我这种行为？我每天的行为可多了，吃饭，喝酒，拉屎，撒尿……支书大人，你是指我哪种行为啊？"孔先行知道他是揣着明白装糊涂，想要无赖，正要发作，转念一想，都是几十岁的人了，肝火还是不要太旺，不然作用没起到，搞不好还适得其反。

孔先行平静了一下心情，尽量把语气放柔和，说："木耳是村集体产业，不是哪个村民自己想搬就可以搬回家的。"

"哦，支书大人是说这个事呀。对了，你们不找我，我还准备来找你们呢。"癞头恍然大悟似的说。

"你能主动来说明，那当然好。人非圣贤，孰能无过？"孔先行的心，放下来一大半。他想，癞头虽然有时候做事不经过大脑，但总的来说，人的本质还不是太坏，完全可以挽救。

癞头干咳两声，往地上吐了一口痰。

孔先行正要说：现在可不能比以前，都在宣传讲文明、讲卫生呢。又见他抬起一条腿，脚掌朝口痰处猛擦两下。接着，就听他说："我也不懂什么圣不圣，贤不贤的。我只知道，别的贫困户既然可以免费得到村里送的木耳，我也是贫困户，那我也同样可以得到嘛。"说完，头还是歪着，一点一点地，像鸡啄食一样望着孔支书。

孔先行一下就听出了他的弦外之音。那意思不就是在抵李如意的包嘛。是啊，李如意是贫困户，他癞头也是贫困户。李如意有困难，他癞头不也同样有困难吗？凭什么李如意可以得到的，他癞头就不能得到呢？他暗自懊悔，当初只一心一意想着帮人，做决定虽然经过了集体讨论，还是太草率了。

现在，他该如何回应呢？

如果放任这种行为，那么接下来，会不会有更多人效仿？大家一窝蜂都跑到木耳基地去，你搬几十段，我搬几十段，先不论损失，单说规矩这一条，不就完全破坏了吗？今天是贫困户跟贫困户比，到了明天，可能就是村民跟村民来比了。

都是这个村的村民，凭什么其他人有的，我就没有呢？

更何况，没有规矩，不成方圆。以后，到底还要不要集体产业？村委做的规划，到底还要不要按规矩办？

可是，如果不同意他的要求，是不是就意味着，只能把李如意家送的那四十段木耳要回来呢？

要回来？

那他们家不更是雪上加霜了？

孔先行在内心里深深叹息一声，莫非现在都到了二十一世纪，还是如某些书上所说，多少年来，人们思想的劣根性依旧一成没变？

人不患贫，患不均。

好像当真是这样的呢。

村办公室里，孔先行一时不知道如何回应癞头，等再过那么一会儿，癞头找上高福星的家门，他更不知道如何回应呢。

癞头找上门去，也不说其他，只撂下一句话："我本以为你还算条汉子，没想到是高看了你。原来你跟我一样，也只知道在背后干些见不得人的勾当呀。"

说完，扬长而去。

独留下高福星睁着一双惊诧莫名的眼睛，半天都合不拢来。

15

孔先行只好又召开了一次会议。

他想听听大家的意见，看癞头这个事到底怎么处理。

村主任说："这种事惯不得。如果纵容他，下次说不定又会在其他事情上捅出娄子来。"综治专干皱了皱眉，说："话虽这样，可我们当初给李如意木耳的事，也确实考虑欠周。人家说的也不是完全没道理。"

孔先行喝了口茶，问综服专干："你的意思呢？"

综服专干是个女的，三十出头，平时寡言少语，尤其开会不爱发言。但今天，她好像还是有话要说："我觉得吧，已经给出去的木耳，再要回来，肯定不合情理，得罪人不说，也与帮助大家脱贫的大方向背道而驰。村里也就二十几户贫困户，每户都送，也顶过一千多段。村里现在有五万段木耳，一千多段，也不算个什么……"

"好！我懂了。"孔支书轻轻拍了拍桌子，又问："可是，假如其他不是贫困户的村民也向村里要免费木耳呢？"

综服专干说："我觉得这种可能性比较小。一是其他村民家里基本上都有人在外面打工，家庭收入都不错。再则果真有这样的人，我们也可以向他们解释，这是专门针对贫困户的办法，我想那些人也不会硬要跟贫困户争夺这么点蝇头小利。而且，集体产业的收益，最终还是要还利到他们身上去。我想他们会理解的。"

村支书又看了看其他人。

大家都默然，以示赞同。

癫头本来以为，自己将木耳基地的木耳搬了四十段（这个数字，他是参照李如意家定的）回来，村里多半不会放过他，不说报警，木耳要回去是肯定的，却没想到这么轻易就放过了他。不但放过他，而且其他二十几户跟他一样的贫困户，也跟着得了利。

这说明什么呢？

这说明，坐在村办公室里的那些人，原来也跟自己一样，都是些服硬不服软的人呀！他不禁暗自得意，就差"嘿嘿"地笑出声来。这次，若不是英明抉择，果断行动，那就吃大亏了。那个姓孔的支书，虽然也把自己叫到村委去"批评教育"了一通，说什么有意见可以向村里提，以后再不要这样自作主张。自作主张？我这是在帮其他贫困户争取权益呢。

想到这儿，他果真就"嘿嘿"地笑了起来。

活了四十几岁，他能像这样开心笑起来的时候委实不多。这不是性格问题，这实在是因为，他几乎从来没有体会过成功的滋味，内心里也就缺少了成功的欢悦。

那么这次，他是不是算"成功"了呢？

在他看来，当然要算。如果不算，他为什么会那么开心，那么愉快，那么身轻如燕，仿佛双臂一展，就可以振翅高飞呢？

但是，你要说他此时完全是满心欢喜，把整个世界都看成鲜花盛开一般，那也有点过了头。至少，在他情绪的另一面，却对高福星嗤之以鼻。"有什么了不起，不就是挣了几个臭钱嘛。如果不是孔先行在背后帮你，你会那么快就转运？别以为我不知道！哦，对了，我当然记得，我还没搞忘：你跟他是穿了一条裤裆的。小时候不就是你帮他打抱不平嘛，小时候不就是你捶得我鼻青脸肿，还要我认错嘛。哼！现在你再捶我试试！你再敢捶我，看我不把你那些母猪，一个个全糟践了！

"没有了那些母猪，我看你的臭钱往哪儿挣去！"

骂完了，癞头终于觉得心里是真正舒坦了，再没有什么东西，在他想笑、想要大口大口出气的时候，还要"咯噔"阻挡那么一下。

而高福星，也万万不会想到，自己因为给孔先行拨了个电话，就成了癞头不共戴天的"仇敌"。他更不会想到，在接下来的日子里，癞头会变本加厉，成为他避之不及、挥之不去的梦魇。他既没有时间，也没有精力去思考，他的一个非常简单的正义之举，会给自己带来多大的麻烦。

现在，他把所有的时间和精力，都花在珍珠猪的引进和养殖学习上面呢。

第一批珍珠猪到他们家来的时候，正是八月末。孩子们的暑假都快过完了。新学期，李如意的小儿子要去泥溪小学上一年级。因为村里没有开办学校，这是个迫不得已的选择。李如意知道有几户人家，都是在镇上租了房子，家里的老人专门去给孩子做饭、洗衣服，算陪读。但那都是些家庭条件不错的，租房给得起钱，也有老人去照顾。还有一些因为危房搬迁，拿了国家补贴，去镇上买房子打坐堂的，但那毕竟是少数。另一些，条件算村里最好的，家里有车，可以每天去接送。

可是，他李如意算哪根葱呢？

屋里屋外、转来转去一个人，做起事来，顾了这头顾不了那头，就算二十四小时开足马力不歇息，也没法把方方面面都顾全。他既没有钱去镇上租房子，也腾不出老人去陪读。更别说车了，这辈子，他都没打算把心思往那上面放。

他能买车，高福星家的母猪都能上树呢！

做人，还是实在点好。光想那些没用的，有什么意思呢？

但是，孩子终归要去读书呀。那些开车的，一趟都要花近二十分钟，如果天天让孩子步行上下学，不安全不说，那得浪费多少时间在路上啊。

正为这事发愁，却见驻村工作队的小李走了过来。

多半，又是入户走访来了。李如意想，正好，这事可以问问他，看有没有什么办法解决。

小李听他这样一说，马上拿起电话就外呼，还特意开了免提。

接电话的，应该是泥溪小学的老师，或者，更像是学校领导。

小李说："我想跟您咨询个事。我们村里有户贫困户，孩子马上要去你们学校上一年级。不知道可不可以在校寄读？"

那边说："可以呀。可以在学校寄读，他是贫困户，不收住宿费。"

小李说："那真是太好了。除了这个，还有其他优惠政策吗？"

电话里说："有。首先，午饭跟其他孩子一样，是免费的。然后，每个学期还有500元补助。"

李如意悬着的一颗心总算落了地。

只要能解决住宿，只要孩子不是每天都在路上跑来跑去，只要不让他一心挂两肠，他就知足了。那样，他就可以专心在家侍弄他的那点庄稼，种他的那四十段木耳，如果还能找到其他事做，那就更好了。哦，对了，村里不是说今年的到户产业申报过期了，但明年还可以吗？

明年，我也养两头猪，喂点鸡鸭，孩子开始读书了，需要营养呢。等他放假回来，就给他熬一锅汤……

想着想着，李如意就咧开嘴，情不自禁地笑起来。

高福星站在他的猪舍外面，也笑得傻不拉几，跟癫头的弟弟似的。眼瞅着新搭建的猪舍，以及改造得规规整整的治污工程，他怎么能不笑呢？那可是他两个多月以来的劳动成果呀。

这个世界上，还有什么比劳动，比劳动以后还有看得见、摸得着的成果更令人欣喜的事呢？劳动，既是一种美德，也是一种生存能力。在如此催人奋进的时代，只要不偷懒、愿付出、肯劳动，怎么可能过不上好日子呢？

虽然，他还不敢说现在已经过上了好日子，但至少，他感觉踏实、心安，每一分每一秒，都没有浪费掉，都是在向美好而幸福的生活坚实地迈进。

他的媳妇李巧妹，又何尝不是这样呢？

他扭过头，望着她背着满满一背篓猪草，步态轻盈地进了猪舍。这个女人啊，只知道一趟一趟地往山上跑，一趟一趟地往猪舍钻，十几年来，又何曾听到她埋怨过半句？很多时候，正是因为她，他才不至于突然趴下，才不至于中途打起退堂鼓，哪怕再苦再累，也要继续往前奔。

往前奔，不为自己，也要为她！

因为有了她，他觉得人生已经了无遗憾。如果硬要说有什么遗憾，那可能……就是孩子吧。是的，孩子！只能是孩子！以前在外面闯荡，刚开始是两个人都不想要孩子，觉得生活那么艰苦，孩子生下来，只会跟着他们受苦。所以每次，媳妇都说："再等等吧。等我们日子好过些了再说。"

可是，这一等，就是十几年！

中途也发生过意外，竟然就怀上了。然而，媳妇到底还是背着他，偷偷去医院拿掉了。他有些生气，问："为什么？"

媳妇面色平静，语气平缓地回答："我如果要生孩子，你一个人，忙得过来吗？"后来情况慢慢好转，业务量大起来，请了帮工，他和媳妇亲历亲为的时候少了，就打算把生孩子的事提上议事日程。可是，这种事，怎么可能像养猪，靠计划、靠勤勤恳恳地付出就能得来呢？

媳妇从猪舍出来，看高福星一直站在原地发呆，有些奇怪，喊了声："怎么啦？哪里不舒服？"

高福星一阵惊觉，立即回道："没事！没事！就是觉得无聊。也怪，现在猪喂得多了，反倒没以前那么累！"

高福星这话倒不假。回乡以后，刚起步那会儿，虽然猪养得是少些，可搭猪舍、搞建设这一块，大多靠他一个人，着实不轻松。现在基础工程都搞得差不多了，只是养猪，要做的事，一下子单纯了许多。再加上，那些一天到晚活蹦乱跳、不停撒欢的珍珠猪，养起来还真是闲散得很。

这是因为，珍珠猪可以放到山上去散养，媳妇也不需要增加额外的负担，大背二背，像头牛一样又往珍珠猪这边背猪草。也就是说，她只需要把原来那些商品猪照料好就行了。珍珠猪每天上午早早就出了门，成群结队往林子里跑。它们胃口好，不挑食，几乎什么草都吃。但也仅限于草，什么花啊树的，基本上不感兴趣。在外面吃好了，跑累了，或者太阳晒下来，发困了，在林荫下一趟，就可以舒舒服服眯上一阵。只要大部队不撤，就可以放心大胆地在那一带憨吃傻睡。

珍珠猪也不像放牛或者放羊，要有人在周围照看。它们完全像群野孩子，一会儿跑到这个山头，一会儿又窜去那座梁下，一会儿绕到山涧中，一会儿又溜到荒野里。反正，哪里有吃的，就往哪里跑。领头的跑到哪里，大家就跟着一起跑到哪里。

那可真是一群无忧无虑、可亲可爱的小精灵啊。

高福星常常想，现在农村的田地都成片成片地荒着，看着似乎很可惜。可任何事情都有两面性。正是因为农村年轻人大多都外出打工去了，村里缺乏必要的劳动力，没办法、也根本没动力种庄稼，才有了这满山满野的绿水青山；才有了他得以散养珍珠猪的天然资源啊。

尽管有时候他觉得这样的想法有些自私，但，事实不就是这样的吗？资源就在那里，你不利用，就白白浪费了。

可总有人不这么想。他的地明明就在那里荒着，他就是不准你的猪去他地里吃草！要吃，也可以。那就给钱呗。你问他："草又不是你种的，为什么要给你钱呢？"他会把眼一瞪，大声说："为什么？因为地是我的呀，草是我地上长的草，凭什么白给你的猪吃？"当然，这样财迷心窍的人毕竟是少数，数遍整个村子，也找不出几个。即使说了这样的话，也不表示他一定要收你的钱。很多时候，要么是刚好碰到他心情不好，遇到了什么糟心事，就算你的猪没吃他地上的草，他也未必会给你好脸色看。更多的人都是通情达理的，大家乡里乡亲，抬头不见低头见，荒着反正是荒着，猪帮着把草吃了，就算帮忙锄了草，真到了自己要用的时候，只有好处没坏处。特别是，猪整天整天在外面散养，到处瞎转悠，吃了睡，睡了拉，拉的猪屎还是天然的有机肥呢。

高福星也会自我解嘲，心道：猪吃了大家的草，这些有机肥，就算是他给村民们的一点回馈吧。自然，这是玩笑话。猪拉的屎，怎么能算回馈呢？这话要传到大家耳朵里，本来没意见的，怕也会产生意见了。这只是表明一种心态，他不想白占大家的便宜。

他高福星不是这么抠的人。

回馈。他确实是考虑过的。果真发展到一定程度，也许，他真的会想些办法，回馈给大家一点什么。

至于有机肥，猪舍里已经够多的了。别小看这些猪拉的屎，它们可是要卖二千块钱一吨呢。

想到这儿，高福星又开心起来。

开心的事，不仅仅是猪屎可以卖到两千元一吨，还有，那些小巧玲珑的珍珠猪，一到下午三四点钟，都会像放学回家的小孩，一窝蜂地跑进圈门，那个场面，简直就像滚滚向前的浪头，直往猪舍里涌。特别是那些落在后面、还没有来得及回圈的，听到猪舍里响起此起彼伏、"锵锵锵"的吃食声，会立马奋不顾身，一路狂奔过来。有一次，一只珍珠猪因为个头太小，没有跑赢同伴，被池塘拦在对面水边。它也不像往常那样绕着塘边的路跑回来，只"扑通"一下跳进池塘，直接从对面游了过来。

它是实在等不及了。

它不想再去绕道，取了最短的路径游回来！

关键是，也不用你去山上赶，一到时间，它们就知道要回来。

你要做的，就是每天在这个时候，准时为它们备好吃食。它们闻到香气，就会拼命往回跑，哪里还需要你去山上多脚多手瞎操心！

他以前从来没有体会过，原来，养猪也可以这么愉快、这么轻松！

16

　　李如意的儿子上学去了。从一个成天只知道在山里像野猫一样乱窜、村民们都戏谑地叫他"小李子"的小屁孩，变成了规规矩矩坐在座位上认真听讲的小学生。表面看起来，他跟他的同桌，跟班上的其他同学，跟其他班级、其他年级的学生，没有什么不同。大家都穿着一样的校服，背着差不多一样大小的书包，吃着一样的免费午餐；他们在同一所学校，受同一种教育。如果在一个班，还是同一批老师，同样的教学方法。也就是说，如果仅仅看这些，他跟所有的同学都是一样的，没有什么差别。

　　可是，事实果真如此吗？

　　当然不是。首先，他不像其他小孩，他没有上过幼儿园。这个原因不言自明。村里没有幼儿园，镇上的幼儿园又离得太远。如果仅仅如此，也未必不是一件好事。当其他同龄的小孩坐在教室里，老师指着手中的图片说："这是蚯蚓。"这时候的他，手里正好捧着一条缩头缩脑的蚯蚓呢。那是他刚从脚边搬开的一块石头下面，从那些腐烂的杂草与同样腐败的泥土相互融合、渗透之后，形成的肥沃之处拾起来的。当其他小孩跟着老师念："燕子，燕子！"，他正仰着脸，盯着屋檐下还没垒好的燕窝，两只燕子，一会儿"唧唧唧"地飞出去，一会儿又欢欣鼓舞、衔泥飞回来。他一直望着那个巢窠，望着它怎样一点一点，在燕子的不懈努力下，终于圆满，终于封口，终于成为一个可以遮风避雨的"家"。随后的一段时间，他就会看到那个"家"的成员多起来。

他会看到，像他一样的小孩——小燕子，"喊喊喳喳"来到了世间。不同的是，他们兄弟姐妹很多，不像他，只有他孤孤单单一个。

或许这时候，坐在教室里的其他孩子不会孤单吧？或许那些同样"喊喊喳喳"叫个不停的同学们，就是他的兄弟姐妹吧？

可是，他现在就坐在教室里，坐在兄弟姐妹中间，为什么，他还是隐隐感到了一丝孤单呢？

他感到了他与他们的不同。

他们更喜欢说话。他们的鞋子更漂亮。他们的脸蛋更干净，一捏，好像都能捏出水来。还有就是，他们的头发一点都不臭！特别是他的同桌，那个下课了像小山羊一样到处奔跑的小女生，整个人都是香香的一团。她在他身边一坐下来，他总会情不自禁地深吸一口气，像要把胸口全都打开似的。

他不知道为什么会有这么多的不同。

他感觉到了。可就是说不清为什么。

说不清也好。因为是一笔糊涂账，所以下课了，他还是会和那些跟他有着千差万别的同学们一起玩耍，一起做游戏，一起嘻嘻哈哈，一起像真正的兄弟姐妹那样，你来我往，不分彼此。

那一丝隐约的孤单，很快就不见了。

可李如意的孤单，却越发明显了。儿子在家的时候，不是能见到他欢蹦乱跳的身影，就是能听到他"哦嚯"连天的声音，整个屋子，因为有儿子，才有生机。这个家，因为有儿子，才真正像个家呀。

现在儿子离开了，周一到周五都在学校寄读，只有星期六、星期天才回来。儿子没在家的家，还能叫家吗？

转过去，一个人。

转过来，一个人。

走出去，一个人。

走进来，还是一个人。

他觉得自己憋闷得都快发疯了。他总得要做点什么，这日子才能打发啊。可是，他到底又能做什么呢？谷子在儿子上学之前都已经打过了，黄灿灿的谷粒现在还晒在地坝上呢。这次，不但文联那个姓程的副主席来了，居然主席也来了。听说，主席是刚从别的单位调来的。本来也不是他的结对帮扶人，主席要帮扶的对象是癞头，可听说程主席要过来帮忙打谷子，就说："我也去搭把手。多个人，多份力。"也跟着来了。

谷子晒在地坝上，木耳在前不久也刚摘过一次。这几天没下雨，新的木耳还没长出来。想忙，也忙不起来。他活几十年，最窝心的就是这个，本来有浑身的力气，可就是没处使。想出去打工，走不开。想找个媳妇，没人看得起。好歹找了个，又跑了。你连揪住她捶一顿的机会都没有！

所以，一个几十岁的大男人，窝在家里能做什么呢？

除了喝酒，还是喝酒。只有喝酒，才能让他暂时忘却他的烦恼；只有喝酒，才能让他感觉到，他还是个真男人——世上有哪个女人，喝酒会像他一样豪爽，一样奋不顾身呢？说奋不顾身也不对，其实他喝酒还是很有分寸。喝的次数多，时间长，可每次的量都不多。

他还没喝到昏了头。

他还记得他有儿子要养。

万一喝得个儿不认母，喝到趴在地上，再也起不来，那么可爱的儿子，怎么办呢？儿子，就是他的命根啊。有儿子，就有希望。所以，酒虽然还是要喝，不喝，那么漫长的日子，怎么过呢？可他没有忘记，他还有更重要的事情要做——他要想办法挣更多的钱，让儿子过上更好的生活呀。

李如意找到高福星，说想借他两头猪先养着，等明年申请到户产业成功，再把钱还给他的时候，高福星感到十分诧异。这不就是他以前给他的建议吗？当时他不是一口回绝了吗？现在怎么……

看到高福星一脸疑惑的神情，李如意明白是怎么回事，有些不好意思地说："以前要带孩子，没时间。现在孩子不是上学去了嘛，我想，闲着也是闲着，不如找点事做，日子还打发得快些。"

高福星也不打算追究他思想转变的真正原因，这个跟他又有多大关系呢？他想养猪，反正圈里的猪多着呢，那就先选两头让养着。

"你是想养一般的商品猪，还是珍珠猪？"高福星说，"珍珠猪好养，不费力，就是个头小，销路窄，一般都只能长到几十斤。"

李如意想了想，说："我还是养原来那种吧。大肥猪，好卖。"

猪舍里正好刚生了一批小猪仔。高福星进去帮他选了两头，很快就赶到了邻居的猪圈里。

李如意开始养猪了。

这在他短短几十年生命历程中，是一个具有转折意义的标志性事件。从那一天起，他把虚幻的目标，不是被动，而是主动化成了具体的行动。如果说在那之前，他是因为命运无常，不得不折断翅膀，拔去羽毛，过着被人同情、被人救济的生活——或者后来所谓的帮扶，不管哪种说法，反正就是离了别人的帮助，就寸步难行；那么在那之后，他已经不再向这无常的命运，做着毫无底线的妥协，他试图改变什么，想用最式微的努力，哪怕扑腾起那么一寸、半米，也会心满意足。

与李如意家相距只有几百米远的癞头呢？

癞头也想改变什么。

癞头也想扑腾几下。

但，他所用的方式却与李如意截然不同。这种不同，是以高福星发现一只珍珠猪丢失作为开端的。事情说起来很简单。高福星每天下午四点以后，就是等所有的珍珠猪都从坡上吃草回来，他都要一个圈一个圈清点。在那以前，都对得上数，从来没有出过错。猪回来的时间虽然也有先后，也有快慢，但最迟也不会拖到四点半。然而，有一只猪，直到晚上他和媳妇都吃过饭，都在地坝上坐到背脊开始发凉，都准备蜷进铺盖、熄灯睡觉了，还是没有回来。

高福星就想，肯定出事了。

到底出了什么事，他还不能确定。是猪跑得太远，迷路了吗？这种可能基本上没有。一般来说，猪都是集体行动，不会单独跑到一边去。就算偶尔发生这种情况，也不会跑得太远。只要大家伙儿一动身，都会警觉地跟上来。是跑到崖边掉下去了？这倒有可能。说不定刚好碰到一只，吃饱了，睡好了，一骨碌爬起来，跟着大队伍一阵疯跑，跑着跑着，别的猪都跑累了，慢下来，只有它，精力充沛，就像满弓射出去的箭，想停都停不下来。结果，没等反应过来，一头就栽了下去。但是，这样的镜头，不是电影里才有吗？现实生活中，真的会有这样笨拙的猪？不管怎样，现在也不能把话说死了。等明天去周围找找看。果真如此，肯定能找到。

第二天，高福星寻遍了周围山里的沟沟坎坎，每棵树，每株草，每一个可能的匿身所在，不是他的目力所及，就是他的脚步已至。就差把整座山的地皮都扒开了，他还是一无所获。

猪，真的丢了。

可是，猪能丢到哪儿去呢？就算摔死，也得有个尸身吧？可是没有，就像突然从人间蒸发了一样。变成一团气，"哈！"一吹，不见了。

然后他就想，会不会是被什么人偷走了呢？严格来讲，这种想法也不是现在才有，昨天猪没回来，当时他都想到了。但是事情还没确定，又没有直接的证据，怎么好怀疑呢？

再说，村里三百多户人家，除去外出打工的，留在村里也还有好几百人呢，要怀疑，能怀疑谁呢？当然，他之所以这样想，还是因为不愿怀疑到某些具体的个人身上去。他总觉得，某些人，还不至于做出这么缺德的事。

某些人。他不愿把"某些人"具体化，并不等于就没有具体的怀疑对象。首先，他有如此行动的动机。他本来就对自己不满。还不要说小时候捶得他哭爹叫娘直求饶，就说前不久给孔支书的那通电话吧，他虽然没看见自己打，但再傻的人都应该清楚，不是我又是谁呢？只有我看见他把青杠木耳扛回家啊。其次，他有如此行动的条件。他就住在几百米远的地方呢，真要动了歪脑筋，多方便啊！再说，他也有行动的能力。一头珍珠猪，顶多不过百十来斤，对于他这样的满劳力，只需一弯腰，就轻轻松松抱走了。

高福星突然回味过来，刚才这些想法在脑子里过滤，居然从头到尾都没有用那个字——"偷"！这是为什么呢？他若有所思。其实他只是没有清晰地意识到，在他的内心深处，还没有把癞头当作个完完全全的地痞。他虽然有毛病，而且这毛病有时候还可能形成致命伤。但他为什么会有这些毛病呢？如果不是因为从小缺吃少穿，如果不是因为父母早早离世，如果不是因为四十几岁的人了，连媳妇生在哪个方向都还不知道，如果不是因为还有个精神病的弟弟需要照顾，情况会不会有所不同呢？

当自己没有能力去获取，但又想得到的时候，有些人，可能就把脚下的路走偏了。

走偏了，你得把他引一引，也说不定就回到了正轨呢。

是的，高福星怀疑的就是癞头！但怀疑终归只是怀疑。你不可能跑到人家家里去搜，说这根骨头是我家猪身上的，说那只耳朵是我家猪头上的。再说，就算你去搜，也未必搜得到。他既然起心要把你的猪弄走，肯定就想好了对招。这家伙，可不像他那弟弟。是"精"得很，不是"精神病"得很呢。

高福星想，这事还是先不忙声张，就装着什么都没发生，或者根本就不知道，没发现。他养那么多猪，一条没上心，不也很正常吗？先观察着，看看还会不会发生点什么。

珍珠猪买得晚了点，错过了种红苕的季节。等到明年，他要趁早多种些红苕。因为到了冬天，山上的草不是枯萎了，就是败落了，再说那么冷的天，猪也不愿往外跑，真跑出去，怕是没几头能活着回来。所以总要在入冬以前，把猪的吃食准备好。而红苕，是珍珠猪最喜欢、也是最经济的一种食物。

他打算早点去县城找批发商拉一批货，库存起来。免得再往后，抢购的人一多，价又"呼啦啦"地涨上去。

李如意听说高福星要去县城，说："你帮我带点东西给那个程主席吧。"高福星狐疑地看着他，说："什么东西？"心里却想，从来都是帮扶人给帮扶对象带东西，你倒好，居然颠倒过来了。李如意说："一点新米。"看高福星还愣愣的，又说："那个人心好。一年要来看我好几回，每回不是带这样，就是送那样。我知道拿工资的挣钱也不容易。没什么好回报，只好带点刚出来的新米过去。表达点心意吧。"

高福星这才懂了。一边说"好"，一边心道："以前只知道他寡言少语，活得像潭死水。不承想，也是个懂得知恩图报的人。"

高福星从县城回来，给李如意带回来几样东西几句话。高福星说："程主席让我转达你，新米他收下了。谢谢你的好意。"然后从背包里拿出两套衣服，还有一个信封，一并交到他手里，说："程主席说，衣服是送给孩子的。孩子现在上学了，还是要穿体面些。两套，可以换着穿。孩子虽小，但都知道要面子的。"又特别指了指信封，"里面是五百元钱。也是给孩子的。说孩子现在正在长身体，晚上又不在家住。可是买点吃的放在学校，饿了，可以充充饥……"

高福星正滔滔不绝地说着话呢，突然一抬眼，才发现，眼前这个胡子拉碴的大男人，这个在人前从来都板着一副面孔、好像跟所有人都有仇似的庄稼汉，眼睛里，竟噙满了浑浊但绝对清晰的、仿佛再多说一句马上就要滚出来的泪水。

17

很快又到了年底。

高福星的养猪业正做得风生水起。远远近近几个乡镇，甚至在县城的猪贩，都听说他这里的猪不吃外面买的饲料，都是自己按配方掺兑的，所以肉质比一般养殖场的猪口感好，卖起来更容易，全都慕名而来。珍珠猪的销路也出乎意料地好。原先还以为这是中高端产品，刚开始不好卖，谁知有人尝了鲜，一传十，十传百，也都络绎不绝跟着来。原来十分宁静的小山村突然之间又变热闹了。那些大车、小车，顺着村级公路，一会儿进来，一会儿出去。有时候进来跟出去的车碰到一起，错个车都十分不易。但好在每隔一段距离，都有相应的位置留出来，拓宽，专供错车用，麻烦是麻烦了点，却不会误事。

猪舍里的猪陆陆续续被拉走，圈里就显得空空落落。平日里活蹦乱跳的身影不见了，只剩下少量还没卖出去的，继续"嗷嗷"叫着，像在呼唤新买家。

这时候的高福星，内心是温暖而祥和的。打烂仗的日子，总算挨过去了。令人一身轻松的，不仅因为今年猪卖得特别好，说明他的发展思路是正确的，以后就按这个模式搞，不信搞不出大名堂。还因为，他欠在浙江的那笔债款，前几天也专门去镇上银行，打到了对方账户。也就是说，他现在终于"无账一身轻"了。

这种感觉，没有亲身经历，根本无法体会。就好像，看到别人肩头压着块大石头，你也会觉得累，也会觉得好辛苦，但那基本上是出于一种本能的同情，真正有多累，有多辛苦，只有那块大石头某一天压到你的肩头，你才会有真感受。

说起那笔欠款，也是被逼无奈，有特殊缘由的。论高福星的性格，最不愿在外面欠账。

自从他和媳妇到了浙江，开始几年，在困难的时候，他们甚至落魄到了靠捡拾垃圾为生的地步。要知识没知识，要技术没技术，想进个工厂，人家还要高中以上学历。但气归气，终归于事无补。有一天，也是无意中，在一家商铺的电视上看到一个镜头，里面人说："要想出人头地，就要发挥自己所长。"

什么叫"所长"，他也不能明明白白说清楚，只是隐约觉得，大概就是把自己的长处发挥出来吧。那么，他高福星的长处是什么呢？

只一闪念，他就想到了。对呀，我最大的长处不就是我一身的好力气吗？除了这个，好像还有……

哦，对了，还有养猪！

母亲死得早，父亲又是一身的病，从小，各种家务活几乎都被他一个人包揽了。煮饭、洗衣、干农活，哪一样不是靠他小小的臂膀去完成呢？要说力气，那也是从小锻炼出来的。他记得第一次犁田还是在八岁的时候。

八岁的孩子，要把跟他身子差不多高、却更重更笨拙的犁头掌稳，谈何容易！虽然父亲坐在田边，也会给他指导，说些掌犁头的技巧，可是说得再多，没力气，还是不管用。犁头倒下来，他扶不起，就弯下腰，用肩去顶，一次、两次、三次，直到把犁头顶起来为止！有时候，碰到过路的村民，也会惊叹不已。他们惊叹的，不仅是高福星小小年纪，居然就可以犁田，更在于，他们根本就认不出田里的那个小孩就是高福星，眼睛没眼睛，鼻子没鼻子，浑身上下，除了稀泥，还是稀泥，活脱脱就是条成了精的大泥鳅嘛。

他的另一个拿手好戏，就是养猪。那些年，村里人还不兴到外面去打工，家家户户都要养一两头大肥猪，等到过年，备自家享用。也有个别条件好的，养个十头八头的也有，自己留一两头当过年猪，其余都卖到食品站。高福星家里只有他一个孩子，母亲不在了，父亲一年到头又病恹恹的，就像犁田，他不动，谁动呢？刚开始是为生活所迫，慢慢到后来，他居然也能从养猪中找到不少乐趣，不觉得是一件多么辛苦的事了。比如，他去坡上扯猪草，不但可以跟鸟儿学唱歌，跟兔子捉迷藏，运气好的时候，还能抓一只野鸡回来，给父亲炖汤喝。

这些，都是养猪给他带来的额外欢乐。

就说养猪本身，也是乐趣横生的。光听它在不同时候的不同声音，就令人着迷。吃食的时候，是"叭哧叭哧……"，随着有节奏的韵律，脑袋一上一下，一上一下，直往猪槽里点。既可爱，又好笑。躺在地上睡觉，偶尔会"哼哼"两声，像美梦做到一定时候，满心的欢喜憋不住了，就吐出来畅快畅快。也有揪心的时候，一到过年，"嗬——嗬——嗬——"一声一声，每一声，都拖得像要把腹中所有的气都吐出来才肯罢休，音调既长又高亢，传出去，直抛向无边无垠的天空，对面山梁上的人听见，只觉惨绝人寰，凄厉无比。

但猪就是这样的命运。

从它出生的第一天起，就已注定。

就像高福星，从他降生到这个偏远的小山村、这个贫苦的农民家庭、这个只能靠他自己才能勉强运转的循环系统的那一刻起，就注定他只能在八岁时犁田、在更早时养猪一样。

　　不同的只是，一些人可以不服输，可以挣脱命运的捆绑，可以逃到更广阔的原野，选择与过去、与他人完全不同的路向。

　　高福星想要改变他的命运，走与之前完全不同的路。不仅为自己，更是为媳妇。所以他下苦力、打零工。这不就是他的"所长"吗？熬了几年，终于攒了些钱，他就开始了第二步计划：养猪。这当然也是他的"所长"。他记住了电视里那个人说的话，他想"出人头地"。

　　出人头地，下苦力永远都不可能做到。他要自己做老板。养猪，养很多猪，养很多很多猪，不就成老板了吗？

　　但他的资金毕竟有限。买些猪苗问题倒不大，真要大刀阔斧找个场地，像模像样地干起来，还没到那一步。也是机缘巧合。有一次，他开着三轮车到城郊去拉蔬菜。这个要说明一下。他有时候在工地打零工，有时候也去车站帮人扛行李，碰到可以变卖成钱的垃圾也捡——那是他的老本行，好些年，他和媳妇都靠捡垃圾为生呢。媳妇也没闲着，每天都去农贸市场周边卖菜。她卖的菜都是高福星跑到郊区，直接向农户进的，不像农贸市场里卖的，几乎都是大棚菜，所以好卖得很。只不过，偶尔会碰到城管撵。其实大家心里都明白，小商小贩，哪个不是为了混口饭呢？只要不是太出格，太影响市容，不是在上面来检查的时候故意露脸出洋相，都是睁只眼闭只眼。顶多吼几声做做样子，示意你从街这边拉到街那边，或者从街这头移到街那头，真要掀摊拖车走的，还是少。

　　高福星拉着蔬菜往回赶，路过一片开阔地，眼前突然一亮。

　　那一排一排、像简易工棚一样的陈设，不是猪舍吗？这样的猪舍在当地并不鲜见，养殖户基本上都是这样的建造格局。所以，令高福星眼前一亮的，并不是猪舍本身，而是，那么宽的猪舍，居然连一头猪都没看见。

高福星隐隐觉得，也许，他等待了这么多年的机会，要来了。

过去一问，果然是个废弃的猪舍。前几年有人租了这场地，投过很大一笔钱，结果前不久亏得血本无归，独留下这一大片还有七八成新的棚子，灰溜溜地跑路了。

高福星跟场地老板说："我想租你的猪舍。但我没有钱给租金。"

老板不屑一顾地说："还是少说这些废话吧。没钱还想租，你不是耍我吗？"

高福星说："我路过你这里好多次了，也没见有人租下来。你多搁置一天，就多损失一天的钱。"

说完这话，高福星觉得眼不眨，心不跳。没想到，睁着眼睛说瞎话的事，他也干得挺顺溜。又一想，也不能算睁眼说瞎话，除了"路过好多次"是临时起意编的，"没人租"，这可是千真万确的事实啊。再说了，这也不能算编，他也确实路过这里好多次了，只不过，发现偌大的猪舍空着，才第一次……

老板说："我不租有损失，我租给你，收不到钱，还不是一样有损失？那我为什么要租给你呢？"

高福星说："那未必。"

老板说："这话怎么讲？"

高福星就煞有介事地讲起来。边讲，边暗暗吃惊起来。平日里只觉得自己是个下苦力的，没想到，除了这一身蛮力，居然嘴巴皮也磨得油光发亮，摆起道道来，一条一条，有理有据！概括起来，高福星要表明的大致意思就是：老板不收他的租金，但他可以给老板百分之四十的股权。他如果一开始养五十头母猪，几个月之后，至少就是七八百只猪仔。如果按租两年算，两年大致五抱，那得有多少头猪啊。那么多猪，百分之四十，怎么算，也不会比给租金亏……

老板被吹得云里雾里，一时兴起，居然就答应了。

从此，高福星就开始了他在浙江的养猪生涯。那几年也是运气好，火头足，猪养得越来越多，场面搞得越来越大，即使只占百分之六十的股份，花起钱来，也依然大进大出，毫无压力。特别是跟以前捡垃圾、下苦力相比，简直是一个天上，一个地下。以至于，他虽然十几年没有回村，但边边角角的消息还是不断传来，大家都以为他在外面大发了，成了真正的大款、不扣不折的企业家。有时候就是这样，你越是没有亲见的事情，越觉得传奇。别人有十分的成功，被人东一传，西一传，到最末那个人，可能就成了百分的传奇了。

实事求是地讲，他也确实有过一段风光的日子。如果不是那场可怕的瘟疫，如果不是他确实被胜利冲昏了头脑，对"猪瘟"这个词没有引起足够的重视，不像他回村以后那样，在没有养猪之前，就已经在钻研如何防范各种可能的意外、突如其来的遭遇，那么，也许他还在浙江，成了真正的成功人士。

可是，世上有再多的"如果"，都是没有意义的。

生活中，根本不存在"如果"。刚发生的事情，立马就成了命定的唯一。你想像帮人挑力那样，路走偏了，可以倒回来重走。可是，生活不行，这一段路，你走过了就走过了。即使要改变行程，也只能在下一段路上去调整。想在走过的路上倒回来重走，门儿都没有！

也是他太贪心，他把前些年所有的积蓄全都用在了扩大规模上。最终导致他像之前的那位养殖户一样，损失殆尽，血本无归。更糟心的是，场地老板那百分之四十，本来说好的以股权充租金。既然亏了，哪里还有什么股权分红呢？现在老板不认，非要按百分之四十收租金。高福星哪里还拿得出那么多钱来呢？好说歹说，最后讲成，高福星给他二十万租金作罢。没有现钱，写了张欠条，签字画了押，然后，像残兵败将似的回了老家。

高福星现在也在反思，也在总结。上次教训之所以那么惨痛，那么深刻，一是不该喂潲水，潲水里面各种病菌都有，很容易引发猪瘟；二是一头猪发病，要马上隔离，以免传染到其他猪身上；三是千万不能急着打退烧针，一针下去，烧是退了，可病灶并没有除，最后只会要了猪的命。最好还是喂中草药，才能根治。

无论如何，那样的事是绝对不能再出现了。

18

高福星的猪舍空了大半，腰包却慢慢鼓了起来。如同山上的树，叶子在纷纷扬扬地飘落，很多树梢都变得半光不光，像真正的癞头似的。大地却以宽容的姿态，敞开胸怀，迎接坠落、腐败、平庸和沉寂，然后，化成养料，回溯生命、成长、荣光，以及郁郁葱葱，繁花盛开。

这是一个人的隐喻。

也是一个村庄命运的素描。

高福星的思想意识当然还没有上升到如此高远的境界。他只是本能地感到很庆幸，庆幸生活没有亏待老实人。老实人，他一想到这个词就笑了起来。他确实是个老实人。有哪一天、哪一分、哪一秒，他不是在老老实实地劳动呢？正是老老实实地劳动，他才有机会咸鱼翻身、东山再起啊。

可是，他真的是老实人吗？

他是老实人，怎么会想到跑回来占国家扶贫政策的便宜呢？虽然后来一点便宜也没占到，但没占到，并不能说明，他不想占啊。特别是，他这么老实的一个人，怎么也知道把邻居的妹妹给带跑了呢？

高福星深吸一口气，又缓缓吐出来。还好，两家人的恩怨，虽不能算了结，却总算有所缓解。没有了怨愤和敌对，说过来，说过去，不还是一家人吗？要叫，他还得叫李如意"舅老官儿"呢。

正这样想着，无意间一抬头，却看见不远处的竹林间竟腾起一团浓烟，到了半空，慢慢变得稀薄、散乱，像披头散发的女人在左摇右摆，搔首弄姿，又像山林中躺了个巨人，举着根老烟枪，"吧嗒吧嗒、吧嗒吧嗒"地吮吸着、享受着。

高福星的第一反应是，那不是癞头家吗？

十点还不到呢，还没到煮饭时间。真是煮饭，烟囱里飘出来的，也不会是那个样子。他的心猛地一紧，难道……来不及细想，他立马放下手中的活，向几百米远的癞头家跑去。媳妇从猪舍出来，不见人影，只冲着公路那边高声喊道："又跑哪儿去了呀？红苕还等着切成片呢！"

高福星一路小跑，到了癞头家的地坝边，才发现果然燃起了一团火。但那团火也仅仅是在地坝中央，不是从房梁上升起。仔细一看，却是几床旧棉絮、一堆烂衣服，还夹杂着一些扫拢来、堆在一起的残枝败叶。全垒在一处，"呼呼啦啦""噼里啪啦"，正燃得欢实。明火之上，是寥寥烟尘，肯定就是刚才在老屋那边所见了。

那堆燃烧的杂物周围，站着几个人。癞头和他的精神病弟弟自不必说，驻村工作队的小李他也是认识的，还有那个程主席，他也见过好多次了，只是另一个，似曾相识，一时竟想不起来到底是谁。直到有人喊了声："覃主席、程主席，都站着干什么，去屋里坐会儿吧。"这才想起，原来不就是那个文联主席吗？上次他随程主席去李如意家帮忙插秧时见过。又想，原来他们所谓的结对帮扶，也不是完全固定不变呀。李如意是程主席的结对帮扶对象，可这个覃主席也去帮忙插过秧，覃主席是癞头的结对帮扶人，可程主席也没闲着，一样要过来瞅一瞅。他不懂为什么，只道他们都是文联的人，同一个单位，有什么事，自然相互照应，不会过于分彼此。

高福星见没什么事，准备打道回府。他有自知之明，他高福星不是癞头所待见的人，所以，他也不打算留下来自讨没趣。但又觉得两位主席都是客，特别是那个程主席，印象比较深，上次送李如意去医院，他还特地过来看望。自己第二天一早拍屁股回了家，把个李如意留给他想法照顾，这时候不去打招呼，实在说不过去。

正犹豫着，就听到程主席在喊："那不是高福星吗？来来来！一起来坐坐！"覃主席这时也回过头来，招手示意道："对对对！过来坐坐。我们正想找老乡聊聊天呢。"

高福星知道再走已经没道理，只好硬着头皮走过去，一脸歉疚地说："我还以为这边失火了呢……"正要说，"赶紧过来看看，有没有需要帮忙的。"那边癞头马上就顶过来一句："呵呵，失火？你怕是做梦都希望我屋里失火吧？"

一时间全场哑然。

所有人都没料到，屋主人居然会说出这样的话来。就连高福星，尽管他知道癞头对自己不满，可再不满，也不至于在客人面前毫不留情面，直接抵包吧？

还是覃主席见识多，反应快，赶紧打圆场："老高梦肯定是做了，就是希望你屋里火一把呢！"周围人听明白了，也跟着一起"圆"："对对对！我们还不是做梦都希望你屋里火起来！不然，我们劳神费力往这儿跑，干什么？"那个精神病弟弟像孩子一样手舞足蹈，边拍巴掌边喊："火起来！火起来！"又觉得坐板凳终究不是自己所好，一趟子跑到地坝中间，围着渐渐变小的火苗，一边拍手一边跳，嘴里仍不停地喊："火起来！火起来！"

闲聊过程中，高福星才知道，原来覃主席觉得癞头家实在太乱太脏了，决心帮他做个大扫除。一方面，把几床烂得不成样子的破棉絮，还有几件像几百年都没有洗过、一摸料子都扑簌簌直往下掉的衣服，抱出来，一把火烧了。刚开始，癞头不愿意，把几个人都拦在外面，说："全都烧了，眼看就到了冬天，我睡什么、穿什么呀？睡没睡的，穿没穿的，不冻死才怪！"程主席"呵呵"一笑，说："你想多了。覃主席早都替你想好了，新棉絮、新衣服都给你和弟弟带来了。这会儿放在车上，还没取下来呢。"另一方面，把屋顶墙角的蜘蛛网用长扫帚清理干净，再把墙面上黑黢黢的一层，用铲子撮掉，再用粗砂纸磨一磨，就齐整光洁了许多。

高福星心想，这些干部想得也真是周到。不但送钱送物，还帮忙打扫卫生，整理房屋。可是，他又仿佛觉得，总有哪里不对劲。到底哪里不对劲呢？想了半天，眼前突然一亮，哦，对了！你送的钱物再多，总还是有限，钱花光了，物也消耗得差不多了，总不能说，没有了，又去找帮扶人要吧？如果是那样，跟大街上的乞丐又有什么区别呢？我一个普通山民都知道，扶贫的最终目的是脱贫致富。如果动不动就等着别人来施舍，怎么可能最终脱贫呢？至于致富，那就更是痴人说梦了。这些道理，干部们有知识、有文化，肯定都懂。只可惜，他们都有自己的本职工作，不可能长年累月跟贫困户耗在一起。除了驻村工作队队员，其他结对帮扶人，一个月下来走访一趟，已经很不容易了。道理还没讲清，又得打道回府。或者，就算你道理讲得清清楚楚，村民不能理解，也没什么用；又或者，村民理解是理解了，可是能不能落实到具体行动上，却又是另一回事了。有些贫困户，不是不明理，是根本不愿动。

恍惚间，就听到覃主席在问："弟弟，现在情况怎么样？"

癞头说："也不怎么样，一直都那样，反正像个小孩。比有些精神病好多了，不打人，不脱光裤子到处乱跑。就是反应慢，跟他说点事，半天都搞不明白。"

主席说："药还是吃着吧？"

癞头说："一直都吃着。他比我好过多了……药都是免费的，每个月还有两百元的精神残疾护理补贴呢。"

周围人一听，都笑起来。

高福星心道，好家伙，果然是个好吃懒做的。按他的说法，还不如做个像他弟弟一样的"精神病"算了。

主席说："你健健康康一个正常人，怎么羡慕起精神病人来了？"

癞头也不觉自己说漏了嘴，继续强词夺理："可不是吗？他的吃喝拉撒，全由政府管着呢。我哪有他自在？公益性岗位今年轮给我做，明年可能就换成其他人了。没有了这份收入，我怎么活呢？"

大家都听明白了，他的意思，就是想轻轻松松过日子，日子还要过得有滋有味才满足。公益性岗位的活儿倒是轻松，可一个村，这样的岗位也不会设置太多，贫困户还有二十好几户呢，谁该做，谁不该做，光这个事，有时候把孔先行那帮村干部的脑壳都能磨破皮。

在场的人这时才慢慢把准了"病根"。

高福星却不然，他对癞头这个人，早已心知肚明。他不是不想过好日子，他就是想不出一点力、不流一点汗，就能把日子过。这样的好事，谁不想呢？可心智健全的人都知道，没生在有钱人家，又不愿勤奋劳动，所谓的好日子，怎么可能那么容易光顾你？不过，话说回来，这个癞头也不是一无是处，他自己邋里邋遢，却把弟弟照顾得有模有样。不了解的人，偶尔看到一眼，哪里会料到是个"精神病"？他比他哥收拾得还周正呢。也就是说，他还算是个有情有义的人。高福星觉得，其他姑且不提，就凭这一点，癞头也应该把日子过好。

又听覃主席说："你也不能光指望公益性岗位。多动动脑筋，还是有很多事可以做嘛。"

癞头皱着眉头，很委屈的样子，说："我脑壳都想破了，也想不出能做什么。"

"学学高福星，养猪呢？"

"学他？学他把邻居家妹妹都拐跑了？那我还巴不得呢！"

高福星一听这话，火气"呼啦"的一下就起来了。正要发作，却听程主席说："话可不能这么说。人家现在不是好好的一对嘛。再说，你是没看到，上次李如意被马蜂蜇，又摔伤了，还是老高送他去的医院呢。"

"那又怎么样？还不是把人家妹妹拐跑了？"癞头连眼神都不朝高福星这边扫一扫，轻蔑地说："别看我穷，我穷得有志气！我喜欢光明磊落地做人，最恨那些在背后搞阴谋诡计的家伙！"

高福星再也忍受不住，"腾"地一下站立起来。心道，幸好现在不是吃饭时间，不然一口饭不喷得满桌子都是才怪。说话前也不撒泡尿先照一照，谁不知道他癞头是怎样一个人？难道还需要在客人们面前，把他那些"光辉事迹"一件一件抖搂出来？血口喷人不说，居然还好意思夸自己"有志气""光明磊落"！真是又好气不好笑！又碍于有客人在，不便拉下脸来直接争吵，只丢下一句话："真是狗咬吕洞宾，不识好人心！"向几位客人点头示意一下，说："你们忙，我还有事先走了。"也不等众人反应，便大步流星，跨出门去，向公路上快步而去。背后却传来癞头毫不示弱地叫骂："你说清楚再走！你骂哪个是狗？啊，哪个是狗？不要以为挣了几个臭钱就可以在我面前嘚瑟。老子不稀罕！"那个"精神病"弟弟也跟着瞎起哄："别嘚瑟！说清楚再走！说清楚再走！"

嘚瑟？他居然还会用"嘚瑟"这个词？高福星心里一阵苦笑，看来他的日子是比我过得滋润，肯定是在电视里学到的。不像我，一天到晚像头牛一样，累死累活，哪儿还有闲工夫看什么电视！

一路上，高福星心潮澎湃。回乡也有一年多了。村里的扶贫工作他虽没有机会参与，却是眼见了的。当初，他回来最主要的目的，以为可以评为贫困户，享受政策的恩惠，以度过那段艰难时光。现在看来，亏得不符合政策，更亏得孔先行虽是个重情重义之人，却在原则问题上寸步不让，不然，他成为像癞头那样的人，也未可知。

他的文化水平不高，但以前在浙江的时候，晚上无聊了，也会看些在地摊上买来的历史小说一类的书籍，什么项羽"破釜沉舟"、韩信"背水一战"的故事，也都不陌生。是啊，一个人做事，还没开始呢，都把退路先想好了，谁还愿意拼了老命去闯呢？像癞头这样，只要碗里还有一口饭吃，就不着急，就得过且过，就浑浑噩噩过日子的，怕不在少数。也不限于贫困户，只要是人，都有这个通病啊。

很多时候，只有退无可退，才能勇往直前呢。

19

又到了年底分红的时候。

本来，今年木耳收成明显比去年好，采摘次数多、产量大，可因为村里想把质量持续提高，从青川引进的青杠木耳比前些年更多。两地相隔甚远，加上汽车拉运、人工搬运等各种费用，成本也相应增加，所以表面看来是个丰收年，可实际收益却不升反降，贫困户所占百分之二十股份，平分到每户，也只千元有余。与最好的年份可以分到两千元左右相比，几近腰斩。

高福星去村委找孔支书，刚好碰到贫困户们在领分红。虽然在其他人眼中，一千来元，也没什么大不了的。可这群人不同，他们一年到头，家庭人均收入四千元都不到，有这笔钱与没这笔钱，生活质量会差别很大。有些人虽然觉得比去年拿得少了，心里会犯嘀咕，但总体而言，还是很高兴。是啊，自己也没付出一分劳力，平白无故就领钱，管他多点少点，不都是钱吗？有钱，总比没钱好啊。村委有他们各自的账户，但孔先行认为，分红分红，分到手里才红。如果直接打进账户，就是个数字，甚至有些年纪大的，连这个数字都不懂怎么去看，他怎么能体会到分红的喜悦呢？所以，就在广播里通知大家直接到村委来领。

高福星等孔支书忙得差不多了，才过去说话。等待这会儿，特意又观察了一下，竟然觉得，孔先行似乎比前段时间瘦得更厉害了。满头白发自不必说，随随便便蓬成一堆，不免让人怀疑，中午出门，他是不是用心梳理过。脸上的颧骨突出，像鼓起的两枚鸡蛋，颧骨以下，毫无肉感，仿佛就剩下一张皮还挂在那里。皮一掉，真不知会露出什么骇人相。身子也是，从座位上一起来就晃来荡去，轻飘飘的，一阵风都可以吹到屋顶上去似的。最难为的是他那件西服，笼在身上，松松垮垮的，像绷在晾衣架上一样。

高福星看了这副形象，有些心疼，又似乎有些心酸。在村民眼里，一般都比较高看他们的村支书。村子虽小，大小事情，也要经过集体讨论，可最后，都要他这个支书拍板定夺。就像一家之长，家长虽跟其他人一样，都是家庭一分子，可在这个家庭里，其权威与重要性却是不言而喻、与众不同的。做起事来，村支书总是完全忘我地埋头苦干，可另一方面，帮着说个小话吧，他一个月的工资也不过区区两千来块。他在心里掂量了一下，换了我，还未必愿意干呢。

高福星走过去，正要说："支书这身体，要注意啊。"心道，再忙，不把身体搞好，到头来还不是一场空？孔先行却抢先说道："我们抓紧。一会儿，镇上领导要来，我还要陪他们出去转转。"高福星正了正身，说："前几天我听工作队小李说，好像来了个什么新文件，有关养殖户的。我来，就是想具体了解一下。"孔先行从桌上一个袋子里抽出一份文件，瞥了一眼，翻了翻，说："是有这个文件。主要是说，养殖户商品猪达到一千头，可以申请国家补助四十万。补助金下来，一半是给养殖户的，一半作为村集体的投资款。就是说，村委要占一定股份。这样吧，我给你复印一份，你拿回去仔细看看。觉得有必要，我们可以协助你申报。"

高福星拿了文件，不再耽搁，径直朝原路返回。

刚把小货车停下，媳妇慌慌张张就跑了过来。

高福星心头一紧，问："怎么了？"

李巧妹捞起围裙，揩了揩手，忐忑不安地说："有一只猪，又没回来。"

高福星问："哪一只？"

李巧妹说："就是上次一抱生了二十只小猪的那只。"

高福星眼前立马就浮现出那头憨态可掬的珍珠猪来。摇头晃脑，步态轻快，跑起来，就像个鲁莽的野小子。一到山上吃草，绝对是窜得最远的那个；可每次回来，又总是第一个到圈。她的可爱并不止于像孩子一样的动作举止，更在于，她可是他们家的"大福星"啊。一般的猪，无论是珍珠猪，还是最开始养的那种白毛大肥猪，一抱通常都只能生十至十五头小猪仔，可这头不一样，第一胎，就生下来整整二十只！对于养殖户来说，哪怕多生一只，也就意味着多几百，甚至上千数的钱啊。

接着，他就有些后悔。按理，现在也不是放猪出去的时候了。留下来的几十头母猪，都金贵得很，需要好生照料。来年，她们就像星星之火，又要给他高家燃起一片燎原之势呢。何况现在天气渐渐变冷，猪自己也不愿上山不说，就算出去，能吃的草也不多了。可他还是觉得，只要能多放一次，就让她们多出去一次。猪跟人一样，跑得勤，动得多，筋骨才硬，肉才结实。他本来打算，今天再放养一次，就要关起来，等到开春了才能再放出去。

可就在这节骨眼儿上，猪又不见了。

这样的故事已经发生过一回了，现在又发生，怎不令他愤慨呢？心焦却没有第一次那般强烈。他怀疑的对象依然如故，没有变。尽管还没有看到证据，但他几乎敢肯定，这次，不会错，还是他。

这就是铁板钉钉的事。

高福星不打算再隐忍。他要当面去对质。

李巧妹见他一脸阴沉，转身就走，不知道他要去做什么，有点担心。想要追问，知道他也不会说。他就是这样一个人。人已经走出十几步远，才在背后喊："早点回来！"

一路上，他一边看手机，一边气得浑身颤抖地骂着："这个畜生！真是死性不改，无可救药！"

到了癞头家，却见大门紧闭。他以为癞头两兄弟还没回来，正欲离开，打算再找时间过来，却听到屋里"精神病"弟弟在叫："死啦！死啦！真死啦！"一股无名怒火，伴着悲切之痛直袭心头。他一步跨上前去，对着大门猛捶几下："开门！开门！"但里面瞬间就变得死寂。高福星以为刚才是自己听岔了耳，索性歪着脑袋，贴着门缝仔细辨听。

窸窸窣窣，一阵轻微的响动传来。

屋里有人！我敢肯定屋里有人！高福星气愤不已，又开始举起拳头。刚捶到门上，门却"吱嘎"一声开了。

癞头站在门内，怒目而视。

"想干什么！打劫吗？"癞头挑衅地大声斥问。

高福星不甘示弱，冷笑一声，说："我打劫？怕是有些人刚从外面打劫回来吧！"

癞头不知高福星这话何意，一时间有些心虚，但很快镇定下来，说："你别血口喷人！我才睡觉起来，怎么可能刚从外面回来！"

高福星说："哦，是吗？我怎么听到屋里有猪在叫？你们家什么时候养了猪？怎么不养在猪圈，却好像在灶屋？"

癞头一脸不屑地说："你才多大点岁数？耳朵就这么不经用了？我弟弟在灶屋煮饭。凭什么骂他是猪？"说着，眼睛一眨不眨，恶狠狠地盯着高福星。

高福星说："我们别死缠烂打，进去一看，不就什么都清楚了？"

癞头说："我的家，凭什么你说进就进？"把一只脚故意伸到门槛上，摇晃着，挡在前面。

高福星说："心里没鬼，为什么不让进？"

癞头一副很不耐烦的样子，说："我才懒得跟你胡搅蛮缠呢。快点，有事说事，没事不送！我瞌睡还没睡醒，还要继续睡！"

正在这时，"精神病"弟弟跑了过来。

"死啦！死啦！真死啦！"一边跑，一边兴奋地拍着手。

高福星心中一动，把脸转向弟弟。声音一下放得很轻，很柔，像甘甜的雨露一样洒过去。

"什么死啦？告诉我，我给你买糖吃。"

"猪啊！猪……"

就听"啪"的一声响。癞头一巴掌掴在弟弟脸上，吼道："你才是头猪！没事滚一边去！"

弟弟猛然挨了个巴掌，不知道是怎么回事。自顾捂着脸，一趟子又跑了回去。边跑，边听他喊："我不是猪！我不是猪！我不要死！我不要死……"

高福星看着弟弟那可怜样，都四十几岁的人了，智力水平还像个三岁的小孩子，不免又动了恻隐之心。心叹一口气，想要作罢，却听癞头恼羞成怒，狂喊道："你可真有能耐！天大的事，冲我来呀，干吗跟个'精神病'过不去！"

高福星一下又被激上了火。

他想，再这样争下去没有任何意义。这就是块茅屎缸的石头，又臭又硬。不跟他见点真章，根本治不了他。所谓"不见棺材不掉泪"，那是说死了眼的啊。

他不再争执。只把手机取出来，摊在掌心，在屏幕上点了几点，放到癞头面前，轻描淡写地说："我们都别争这些没用的了。还是来点实打实的。你看看，这上面是谁？"

癞头只瞟了一眼，脸上就青一阵，红一阵，又白一阵，惊得半天说不出话来。

原来，自从上次漫山遍野找不到丢失的珍珠猪，高福星就有了警觉，这样的事情以后决不能再发生了。如果不及时想办法，说不定到时后悔都来不及。于是到镇上，找到卖摄像头的商店。老板听明来意，又问清对方价格的承受能力，说："在猪舍周边可以安无线的，远点的地方，WiFi信号不好，还是要有线的才行。"

高福星就选了几个珍珠猪最喜欢去吃草和酣睡的地方，安了摄像头。这次，他在查看手机上APP的时候，刚好就看到了癞头正在捉猪的场面。珍珠猪不大，癞头身手敏捷，一逮一个准。就见他把猪抱在胸前，得意扬扬的神情，像在哼着小曲似的。

高福星抓到了癞头的把柄，也学着他先前吊儿郎当的语气，问道："你说怎么办吧？要不要现在就打110？"

癞头的脸"唰"一下全白了。

就见他"扑通"跪倒在地，失声痛哭道："福星老弟，我错了。你就饶了我吧。我要是进去了，我那可怜的弟弟怎么办啊？没人照顾，他不只有等死吗？"

高福星还是被"呜呜咽咽"的啜泣声难倒了。一时间，不知道怎么办才好。

癞头见对方没吱声，马上又说："我把猪还给你！还给你！以后再不做这缺德事了！"把高福星手一拉，就往屋里去。

到了灶屋，一股血腥气扑面而来。

"精神病"弟弟挨了癞头一巴掌，这时候还躲在灶门口，委屈而又惶惶然的样子。但高福星的注意力已经不能放在他身上了。他的双眼只死死地盯着地上那一摊。

地上，正是那头珍珠猪，侧卧着，一动不动。白乎乎的身体，脖子周围，伴着一摊红艳艳的鲜血。血液要凝固不凝固的，像要流动又流动不起来。它的双目圆睁，像还在做最后的垂死挣扎。

它是死不瞑目啊。

也许，在生命的最后一刻，它已经完全忘记了自己的生死。

但它不得不在乎，它肚子里那一胎还没有出生的孩子啊。那些小猪仔们，没有挨上一刀，却也像它们的母亲一样，痛苦而无奈，根本没有任何选择地停止了呼吸。

20

　　李巧妹一直等在路口。她怕他出意外。

　　这会儿看见高福星失魂落魄地回来，赶紧迎上前去。其实，她先前看高福星出门的方向，也猜了个八九不离十——大家心里头怀疑的都是同一个人，这会儿，多半是找他理论去了。

　　李巧妹见高福星脸色煞白、一副魂不守舍的样子，心疼地问："怎么啦？"她本来是想问："怎么样？"不想舌头在嘴巴里一团，吐出来的话就变了。"怎么样？"主要是问出去的情况，问题解决得如何，着重点是在对事情的关注上。但她并不敢肯定高福星出去，就一定是找癞头去了。所以，这话问出来，还是比较唐突。更重要的是，"怎么啦"这个问法，重点却是对高福星精神状态的关心，是对人本身的注意。一个对事，一个对人，分量不同。

　　当然，李巧妹虽心思机巧，也还没有机巧到这等程度。实际上，两个方面的问题，她都很关心，都想问。只不过，本能还是让她不由自主、把对人的关心放到了第一位。

　　高福星说："也没什么，就是大吵了一架。"接着，便把刚才如何去癞头家，如何与癞头针锋相对、你来我往争吵起来，癞头弟弟如何出来搅局，后面又如何看到那只珍珠猪的惨状，原原本本诉说了一遍。

　　再看李巧妹，已成泪汪汪的一副可人样。

李巧妹说："别的还好说，就是那胎猪仔……"

高福星沉默不语。两个人并排着，慢慢往管理房走去。

进了屋，李巧妹说："你也别想太多。反正事情都出了，不如想些开心的事。"高福星叹口气，说："我倒是想开心。可就是开心不起来呀。"李巧妹忽然变得娇媚起来，语气也有些怪怪的，轻柔得像细嫩的指尖在肌肤上抚摸。高福星怔了怔，这种感觉，多么像他们刚在一起的时候啊。那时候，她的指尖不就是那么轻柔，那么嫩滑吗？

可是如今，那是一双怎样的手呢？

宽大、厚实、粗糙，摸上去，就像摸在一块裸露的岩石上。如果不看她的面容，那不就是一双男人的手吗？

劳动，把一个细皮嫩肉的女人，变得像岩石一样粗糙而坚硬了。

但李巧妹仿佛并没有这种自知。

因为，在她粗糙坚硬的外表下面，那颗时而细腻温婉、时而热情似火的心，从来都没有改变过。就像现在，她又把自己变得像水一样柔顺了。但高福星能感觉到，在她像水一样柔顺的内部，有一团火，正在"噼里啪啦"起燃烧着。

她站在高福星面前，把双手搭在他肩头，眼神迷离，无比温柔地说："你开心不起来……我有办法让你开心。"高福星像一盏黯然的灯，突然被拨亮了似的。他一把揽过媳妇，正要放下去。却听李巧妹急切地说："别！别！我让你开心，可不是这个意思！"

高福星一脸疑惑，茫然望着眼前这张绯红娇羞的脸。

李巧妹故意把他往外推了推，说："我的意思是，我有了。"又觉得这样说不是很准确，补充道，"不是我有了。是我们，有了！"看高福星还是没明白过来，忍不住"噗嗤"一声笑出来，直把一根指头往他额上一戳，"你呀！真是个木头脑壳。一天只知道忙来忙去，都把自己忙成个傻子了。"

高福星满脸无辜地望着她，说："到底怎么回事嘛。什么叫——我们有了？"李巧妹只好轻叹一口气，像认命了似的，假装无可奈何地说："好吧，也不跟你绕弯子了。告诉你吧，你要做爸爸了！"

这不说不要紧，一说还真把高福星惊得半天说不出话来。

"你是说，我要做爸爸了？"

"嗯。"

"是真的？"

"真的！"

"没骗我？"

"我为什么要骗你？骗你，不就等于骗我自己吗？"

高福星往前一步，突然捧起她的脸，头一低，深情地吻了下去。

李巧妹怀上了。

这是她自己都没有料到的事。更何况高福星，他一个大男人，哪里懂得这些事。她本以为，像她这个年龄，能怀上孩子的希望已经很渺茫了。加上平日事情又多，哪里有闲工夫去考虑这些。不过是顺其自然，能怀上就怀，万一不行，也只能认命。谁让年轻的时候不要呢？现在想来，条件再艰苦，有个孩子在身边，说不定还能苦中取乐呢。也是老天有眼。回来才一年多，就让她了了这一桩心愿。不，也不能说是了了她一桩心愿。

还有他。

他其实比她更难。

毕竟是农村人，思想意识不像城里那么超前。所谓"不孝有三，无后为大"。这"无后"一词，在乡亲们中间一提起，都是件丢人的事啊。别看他从来不提这个事，其实是闷在心里。他想孩子的心思，再怎么掩饰，也马虎不过她的眼睛呢。

高福星好不容易把心情平静下来。

李巧妹说："现在是不是很开心？"

高福星笑笑，说："开心。"

李巧妹也跟着笑了，说："我说话是不是很算数？"

"那当然。你什么时候说话不算数过？"但是很快，高福星脸上又开始愁云密布了。李巧妹觉得奇怪，问："怎么了？还有什么事？"高福星说："孩子怀上是好事。可，那不就意味着，你必须停下活来养胎吗？我在想，那么多活，我一个人干不干得过来呢？"

原来，他是在担心这个。

李巧妹其实也想到了。但她不急，她早想好了办法。在浙江的时候，他们请过一个帮工，是四川广元那边的。她和那个帮工相处十分融洽，平时无话不说，情同姐妹。如果不是因为后来发了那场猪瘟，他们连本带利全贴进去不说，还倒亏了一大截，养猪场实在办不下去了，她肯定还在跟他们干。走的那天，她拉着李巧妹的手说："妹子，你心好，以后会有好报应。如果再决定做事，我还是愿意来帮忙。只要你一句话，不管在哪儿，我都会去找你！"

现在，不正是用得着她的时候吗？

电话打过去。那边说："马上就要过年了。开年后我再过去吧。"

是啊，马上就要过年了。

今年的年，跟去年的年相比，到底又有很多不同。去年，她和高福星住的是猪舍。上下两层，猪睡下面，他们睡上面。

今年，他们总算不用跟猪困在一块了。虽然也不像其他人家，住在正正经经的房屋里面，但管理房也不错，也是上下两层，下面是库房加工作间，上面是厨房兼卧室，都是用空心砖砌成，不但能遮风避雨，把门一关，温暖之气便弥漫开来。

这个家虽然简陋，却总算像个家的样子了。

其实，按高福星现在的经济能力，要盖新房也不是不行，但他不急。他和媳妇商量，现在是打拼创业的关键期，挣的钱，每一分每一厘，都要用在刀刃上。只要把钱挣够，要盖房子，那不是顺手拈来的事吗？不过，话说回来，什么才叫把钱挣够呢？高福星头脑没有变成一团糨糊，还清醒得很。就是，他把想干的事情基本上都干起来的时候。是的，他还有些事情想干，但还没有干起来。他还有些想法，没有落实成具体的行动。不过，他想，这一天应该不会太遥远了。

今年还有一个最大的不同，那就是，家里不再是他和媳妇两个过年了，而是三个！三个人，一起过年！想到这儿，他就感觉无比兴奋。不管做什么事，都觉得浑身有使不完的劲。

三个！嘿嘿！有时候一个人，也会呆呆地傻笑两声。

李巧妹又何尝不是如此呢？高福星不让洗碗，她就说："要洗。不能让娃儿娇生惯养，从小多锻炼，身体才会好！"高福星不让她去喂猪，她也会反驳，说："又不到坡上去，怕什么！孩子在娘胎里跟猪亲近，以后长大了，就跟猪一样不挑食。多好！"特别是，高福星不让到外面去走动，说："天冷！别冻着了！"她却说："又不是金枝玉叶，就是要受点冷，才经得住风雨。"

高福星只是提醒，却不阻拦。他知道李巧妹从小心细，决不会做出对孩子不利、太出格的举动。

很快就到了大年三十这一天。

　　李巧妹几前天就催高福星去镇上买了饺子皮，称了猪肉，准备晚上包饺子吃。他们虽然自己养猪，却不打算杀年猪。一是人少，一杀就是一整条，肉多了也没处放；二是自己养的猪，总会有感情，看着白刀子进、红刀子出，心里总不是滋味，不比从别处买来，反正是别人家的，没什么感觉；还有一条，猪舍里还有好多母猪呢，猪也是生灵，嘴上虽不说，心里其实都跟明镜似的，看到同类被宰，特别是听到那呼天抢地的悲鸣声，多半也会惊恐失措，害怕已到世界末日。

　　到了晚上，饺子还没下锅。李巧妹犹犹豫豫，想说又不好说似的，内心里牵扯了好半天，才道："要不，我们把哥也请过来？过年了，团个年多好！"高福星说："我也是这个意思。看你不表态，又怕你有想法。"李巧妹说："刚好孩子也放寒假了，可以多说几句话。平时上学都在学校，周末又要躲在家里做作业。连打个照面都不容易。"高福星说："也是。这孩子怪可怜。从小就没了妈。"

　　说到这里，两个人不约而同朝李巧妹的小腹望去。现在还没有显山露水，看不出什么。但这丝毫不影响他们母爱与父爱的表达。高福星走过来，站在李巧妹身后，伸出手，握着媳妇的两只手，从两边包抄到前面，轻轻地按在她肚皮上。李巧妹微仰着，头靠在高福星"燕窝骨"上。

　　李巧妹说："也真是想象不出，一样的女人，为什么有的心就那么狠！"她说的是李如意那逃走的寡妇媳妇。

　　高福星说："话也不能完全这么说。人往高处走，水往低处流。人到了那一步，都是想把日子过好一点。这里过不好，只好找别处去过。"

　　"可是害了孩子啊。自己生的孩子，自己身上掉下来的肉呢。难道就一点不心疼、不担心？为了自己把日子过好一点，人就可以那么自私，那么无耻？"李巧妹有些义愤填膺了。

高福星"呵呵"一笑，又摸了摸她的肚皮，说："别动气！你一气，孩子就跟着受气。"李巧妹也一笑，说："也是。"顿一顿，像自言自语，又说："换了我，在她那样的处境中，也未必挺得过来……"

高福星说："好了，不提这些了。我去叫你哥。"

别看他们在背地里把"哥"叫得顺顺当当，翻来覆去没觉得多别扭，可当着李如意的面，还从来没叫过呢。好几次，李巧妹话到嘴边，又都咽了回去。十几年不叫，真正是难得叫出声了。

高福星走到门边，正要拉开，又把手缩回来，趄转身，说："我一个人去，面子可能还不够大，他怕是不会来哟。"

李巧妹说："你的意思是，我们俩一起去？"

高福星说："人多力量大。他不给我面子，也可能会给你留点。"

李巧妹说："也不一定。他还当着我的面，把那十斤高粱酒扔了呢。"

高福星说："但上次你递给他茶水，他还是接了嘛。"

李巧妹又笑道："茶是喝了，结果留他下来吃饭，还不是照样走了。"

两个人突然都不说话了。

两个人心里都明白。他们说这么多废话，无非还是面子观念在作祟。他们内心还是在做激烈的思想斗争，到底要不要去叫李如意呢？要去，见了面，到底要不要叫那声"哥"呢？或者，如果他不领情，到底该说点什么，然后自我嘲般地回来呢？

高福星像下了很大决心似的，语气坚定地说："走！我们一起去。”过去拉了媳妇的手，就去开门。

门一打开。两个都惊得差点叫起来。

只见一个人，正笑盈盈地站在门口。那笑，有点羞涩，有点腼腆，有点特别难为情似的。但他毕竟笑着。笑着，目光欲躲未躲地看着他们。

21

来人不等他们开口，抢先说道："今年他们又送了好几对猪脚过来，我说不用，今年我自己养了猪。可他们就是不听，说送给孩子的，孩子都喜欢吃猪脚。结果今天给孩子炖好，他却说，两个人吃着没劲，要我过来叫你们……"

李巧妹终于忍不住，叫了声："哥——"眼泪就挂到眶里了。

高福星赶紧说："我们也正准备过去叫你和孩子呢，我们打算包饺子。要不这样吧，我们把饺子端到你们那边，一边吃饺子，一边啃猪脚！"回头问李巧妹，"这样行不？"

李巧妹说："好！"

一行人收拾停当，打着电筒，朝李如意家而去。

进了屋，很冷清的一隅，一下子变得热气腾腾了。本来是两家人，现在合在一起，宛如一家人。几个人兴致都很高，大家都有一股久别归来的亲近感。仿佛各自都在外面漂泊了许多年，现在终于得到机会碰在一起。李如意忙着拖板凳，嘴里也没闲着，仿佛要靠这话语的温度，来维持难得的热闹气氛，只听他说："平时没人来。板凳上都多厚一层灰了。"高福星知道他是自谦，李如意爱干净，在村里是出了名的。无论是谁，什么时候到他家，随便往哪处摸一把，掌上多半都干干净净，一尘不染。李巧妹随侄子去灶屋把炖好的猪脚端过来，摆好，相挨着坐下。

李如意说："来一杯？"

高福星回说："来一杯！"

于是，把高粱酒提出来，拎开盖子，斟好。两个人就你一口、我一口地开饮。也没有客套话，也不讲礼数。仿佛是，本来的一家人，那就随随便便，实实在在，喝好吃好便是。

李如意的儿子读了一学期书，人变得文静了许多，不像以前那么咋咋呼呼，像野惯了的骡子一样。喝酒的在喝酒，他便随李巧妹一起一边刨米饭，一边啃猪脚。这种打牙祭的日子，在他们家实在不多见。虽然平时在学校吃得也有盐有味，但油水毕竟没有这么重。李巧妹在一旁爱怜地说："慢慢吃，别哽着。"顺便问下他的学习情况，才知道孩子很争气，不但捧回来"三好学生"的奖状，还得了老师发的二十元奖金。问他："奖金怎么花？"回道："给老汉买酒喝！"李如意听说，把脸一沉、眼一瞪，说："你老汉儿喝酒，不用你买。你挣的钱，自己买零食吃去！"李巧妹在一旁笑道："也不能买吃的。最好买几样文具，才有意义。"旁边人都附和道："对对对！买文具，买文具！"

几杯酒下肚，高福星的喉头润滑开了。

高福星说："当初多亏你帮忙，管理房才搭得起来。"

李如意摆摆手，说："都过去那么久的事了，提它干吗？再说了，我不帮，总有其他人帮。不可能没有我，房子就建不起来。"把剩下的半杯一饮而尽，又说："真要说感谢。还得谢你！你赊给我那两头猪，顶了大用。一头卖了几千块钱不说，一头留下来，孩子往后这一年，就不缺肉吃了。"

高福星半开玩笑半当真，说："也是政策好。如果不是国家有补贴，赊给你，我还不放心呢。"其实，两个人心里都明白，这赊来的两头猪，跟补贴不补贴，深究起来，也没有太大关系。说的是把明年申报下来的钱，拿来给高福星，抵今年这两头猪的账。可是，明年申报的时候，还得有两头猪养着，国家才认。如果没有今年这两头猪垫底，等到明年，他又哪里有钱去买新的猪呢？不买新猪，补贴就是一场空。所以，说来说去，还是猪赊来得好。

正说到兴头上，房门响了。

李如意问："哪个？"

外面答道："我！"

几个人都有点意外，三十晚上，哪家哪户不是团聚在家里，欢欢喜喜过大年呢？怎么？

开了门，孔先行拍拍衣服上的灰尘，走了进来。边走边说："我在屋里闷着难受，到垭口上来喘口气，见你们这边灯亮着，就过来看看。敲高福星的门，没人。听到这边有说话声，仔细一听，原来你们聚到一块儿了，就踅了过来。"

高福星说："原来我们出来，忘了关灯。"

李巧妹说："你忘了我没忘。我是有意开着的。"

高福星想，媳妇果然心细。猪舍里还有猪呢，亮着灯，也确实可以掩人耳目。给孔先行让了座位，重又坐下。

孔先行看了一眼桌上，说："还可以嘛，有猪脚，有饺子。这个年，过得有味道。"

李如意说："还不是你们送的。年年都这样，我都不好意思了。"

孔先行突然正色道："不好意思是好事！所以要想办法早日脱贫，到时候，你想我们送，我们还不送呢！"说完，哈哈大笑起来。几个人也跟着笑。这屋里，真正有点过年的感觉了。

孔先行看了看李巧妹面前，说："今天过年呢，妹子也应该喝一杯。"高福星忙说："不行！不行！"孔先行把嘴一撇，说："怎么就不行了？怎么就只许你喝，不许你媳妇喝？这是大男子主义！男女平等不光是城里人讲，农村，也要讲的嘛。"他说的是俏皮话。过年，总是希望把气氛搞得活跃一些。李巧妹红着脸，说："孔支书，我是真不行！我真不能喝。"

看孔先行还是没明白，高福星只好干脆点破了，说："她怀上了。不能喝。"孔先行一听这话，赶紧举杯，道："恭喜恭喜！这个年过得好，双喜临门！"李如意也是一惊，不由自主地跟着举杯，跟着道贺。

接着又是一阵寒暄。

孔先行似乎有很多话讲，又似乎在琢磨要拣最紧要的先说。琢磨来，琢磨去，结果就天南海北扯了好一阵闲白。末了，终于转到正题："今年木耳分红在下降。我这心里头，老像压了块石头，想出气又出不来的感觉。跟村委几个人，说来说去，老在原地打转，跳不出旧框框。我就想，说不定听听大家的意见，更有用。特别是高福星，你是在外面闯荡过的人，见识多，经历广。有没有一点意见或建议给我们？"

这话问得有点突兀。

高福星一时愣住了。但很快，他就反应过来。

高福星说："我回来也有一段时间了。扶贫也好，其他事也好，都眼见了不少。种木耳我不在行，我只知道养猪。但我想，不管做什么，道理应该是相通的。比如我养猪，只要一头猪是赚钱的，那么，我养的猪越多，赚的钱就会越多。"

孔先行眼前一亮，说："你的意思是，木耳产业规模还可以更大？规模越大，挣钱就越多？"

高福星说："反正我养猪是这么个思路。"

但很快，孔先行目光又黯淡下去。"扩大规模，就要增加投入。虽然国家有补贴，但差额总得我们自己想办法解决。现在村里——"他叹了口气，说，"要拿出大笔资金出来，有点不现实。"

高福星像突然想到了什么，准备提出来，又有些顾虑的样子。孔先行看他欲言又止，说："你想到什么，尽管说出来。行不行，我们可以商量。"高福星就大着胆子，说道："其实思路可以打开一点。如果村委同意，我倒是可以投一部分钱进去。规模大些，赚的钱肯定就多些，分到贫困户手里的钱，自然就多些。也不光是贫困户，村集体的钱多了，做其他事就更容易，村民得利就会越多。"

孔先行若有所思，道："把规模再扩大一倍，我看是可以的。现在青杠木耳这个品牌，在县内外还是有一定影响，销路应该不愁。"手里的筷子在桌上轻轻敲几下，说，"这个思路有道理。回头村委开会讨论一下，再做决定。"

看大家都在听他说话，不好意思动筷子，才赶紧道："快吃快吃！别只听我瞎吹。过年呢，先把肚皮填饱。"说着，主动夹起一块肉，示范性地吃起来。

又碰了几次杯，孔先行对高福星说："你的养殖业发展势头不错，要坚持下去。不但自己要发展好，如果能带动其他村民一起发展，那就更好了。"回头望望小学生，说："我这个村支书，感觉有点像他们学校的班主任。成绩不及格的那几个，最让人操心。但眼光还不能只盯着那几个。千方百计让他们及格是一回事，带领全班成为优秀班级又是另一回事。我得一心挂两肠，哪边都不能大意啊。"

说着，一杯酒又"咕咚"一声下了肚。嘴里"咝咝"抿几下，腮帮咬得"砰砰"响，像在苦中寻乐，又像在乐中品苦。

高福星说："我也是在想，看有个什么法子，可以和大家共谋出路，一起发展呢。"

22

今年的雪有些特别。到了二月底，远峰上居然还有些地方，像戴帽一样积了白白一层。往下，星星点点地散布着，像一件墨绿的新衣，上面随意抛撒些点缀。老辈人说，瑞雪兆丰年。但愿今年是个好年成。

高福星经过一冬的深思熟虑，做了两个决定：一、暂时放弃对养猪场补贴的申请；二、把养牛作为新的养殖项目，着手实施。之所以暂时放弃申请，是因为他计算了一下，如果按文件要求，他还要进行很大一笔投资，完善各种硬件设施。即使把补贴的钱算在内，也未必够数。标准化养殖当然是好事，但他现在还处在原始积累的关键阶段，花的钱都讲快进快出、提高效率。这一步，留待资金再充裕一点，再做也不迟。养牛的事，是在孔先行说"带动其他村民一起发展"之后，他才想到的。一头猪，养得再肥再壮，卖出去，不过三四千，除去成本，其实赚得并不多。好比李如意，如果去年赊给他的不是两头猪，而是两头牛，那他的收入可能翻番都不止。这个道理很简单，一条牛，养到成年，好点的可以卖到一万五六，特别好的两三万，甚至四万也有可能，就算差点，也通常不会少于七八千。同样是养殖，付出的精力都差不多，收益却有天壤之别，怎么选，不是癞头上的虱子——明摆着吗？

李巧妹也支持他的想法。只不过，她提醒说："到底怎么跟村民合作，做到双方都受益，具体办法还要好好斟酌。"

李巧妹的小腹似乎有些微微隆起了。她又跟广元那个姐妹联系了一下，不料对方说："上次话说得急，有个情况搞忘了说。我这边跟老板有口头协议，还有三个月才到期呢。"这话的意思就是，她要在三个月以后才可以过来。李巧妹虽然着急，却也没办法。想找其他人来帮忙，一时也没合适的。满腹的心思翻来倒去，还是只剩一个字：等！

等的这段时间，只能时时处处注意着。

她对高福星说："吴姐没来的这段时间，我们只好换一下。你去坡上，我守家。"她叫女帮工"吴姐"，其实更多是尊称，她和吴姐是同年同月生，只比对方小几天。

高福星说："我也是这个想法，正想跟你说呢。反正养牛我也要去坡上，一举两得。"

他到养殖场的地坝中央看了看，地盘已然不宽了，再加个牛圈，养个二十来头还马马虎虎，再多，无论如何也腾不出地了。就想，二十来头也行。也是受了去年赊猪给李如意的启发，他脑子里忽然冒出个想法：我为什么不可以把牛也赊给其他人养呢？虽然同样是赊，赊猪跟赊牛，赊法却不能一样。猪赊出去，到户产业补贴款一到位，基本上就可以把买猪的钱抵了。可赊牛却不行。贫困户养牛，一条才补八百，自己要贴大半。对绝大多数贫困户来说，要贴的那笔钱几乎是不可能承受的。

所以，怎么办呢？

办法还是有的。高福星准备做一个大胆的尝试。自己的养殖场地不是不够用吗？如果养牛规模有一天要扩大，不是还得想其他办法？那么，到时候我可不可以将集中养殖变为分散养殖呢？集中养殖自不必说，反正还有一点地盘可以利用。什么叫分散养殖呢？就是，他把牛免费送给贫困户去养，分文不收，但牛长大以后，卖了，他要分得其中百分之五十的收益。这样做的好处在于，贫困户不花一分钱，可以得利一半。而他高福星，不但免去了养牛的辛苦，还把规模无形中扩大了。更重要的是，这不就是孔先行交代他的，要带动村民一起发展吗？再往后，如果规模继续扩大，合作也不仅限于贫困户，其他村民只要愿意，也照样可以。

只不过，这种办法的弊端也是显而易见的。首先，牛的生长期与猪比，相对较长，通常要一年半左右才能长为成年牛，也就是说，养殖户要等到十八个月以后才能真正见效益；其次，牛是单胎动物，双胎的时候也有，却极少，不像猪，一胎下来，十个八个不算多，一般都是十好几个；再次，牛的孕期也比较长，通常都在二百八十天左右。幼牛生下来，还要吃一个半月的奶，才能吃草料。就是说，即便高福星现在开始养母牛，最快也要等到一年以后，才能跟别人合作。

但是，一想到养牛的高回报（这种回报如果只针对单户，更有利于合作者；如果成规模，那当然就更有利于高福星了），特别是，合作者还可以自由选择，猪也可，牛也可，都可以拿去养，然后利益分成，他脸上还是不知不觉漾起了笑意。

最近几个月来，他脸上随时都能看见这样自如自在的笑意。所谓"人逢喜事精神爽"，人一顺，皮就舒展开了。不仅是脸皮，全身上下，没有哪一处，还是紧绷绷的感觉了。

李巧妹听他一说，也是眉开眼笑，一巴掌拍到他胸脯，说："不愧是我男人！果然有几下子。"这一巴掌下去，力道有点猛了，肚子下面一颤，赶紧捂了肚皮，轻声道："都怪你！差点吓到孩子了！"

高福星咧嘴笑笑，说："都怪我！都怪我！"

李巧妹又说："什么好方法都不要太性急。有些情况一开始是无法预料的。依我看，可以先找个人合作试一下。如果可行，再推广不迟。"

高福星戏谑地说："果然是我媳妇，又跟我想到一块儿去了。"又问："那你觉得先找哪个合作比较适合？"

李巧妹把眼一瞪，故意显出一副生气的样子，说："这种问题，也要问我？"她这话是有道理的。其实哪个合适，他们不约而同，想到的是同个人。

但高福星假装不明白，说："不问你，又该怪我自作主张了。"

李巧妹说："我跟你十几年，你自作主张的时候还少吗？"

这倒是大实话。这么多年来，除了柴米油盐这些事，有哪一件，不是他自作主张呢？李巧妹相信他。他说往东，她就往东；他说往西，她就往西。她就像他手里牵着的风筝，想把她带到哪儿，就把她带到哪儿。哪怕前面是万丈深渊，她也把眼一闭，跟着他，毫不犹豫地跳下去。不，说风筝好像还牵强了些，风筝还有断线的时候呢。更准确地讲，她就好像他身上的一根骨头、一块肉。她和他本来就是一体的，同呼吸，共命运。

他和她其实就是一个人。

一个人的左右两半。一半叫男人，一半叫女人。

合在一起，就叫家。

方案是确定了，但一切还要等到他买了母牛，等下了牛仔以后再说下话。

对于养牛，高福星并不陌生。小时候，家里就养过一条水牯牛。他从八岁开始，就代替父亲去春耕犁田。那时候，最常见的就是水牛和黄牛，不像现在，老品种的水牛、黄牛几乎绝迹，基本上都是清一色的肉牛。肉牛也好，长得快，肉质还鲜美。

以前养牛，是为了劳动；现在养牛，都是为了吃。

时代不同，牛的品种变了样，养牛的目的也迥然各异了。

但再怎么变，养法还是差不多。只要是牛，草终归要吃。像什么丝毛草、水窝菌儿、茅儿杆、鸡窝烂等，都是牛的最爱。也有不同，现在还会买酒糟或醋糟回来，将苞谷打成面，和在一起当饲料；那个年代，却是没有这些的。如果牛不上山，不过是将草割回来，往牛圈一扔，就算完事。苞谷打成面，主要是为了牛吃下去，便于吸收，利用率高。不然，整粒整粒在肚子里消化不好，打了渣，拉出来，既不利于牛的生长，也浪费了食料。也可能是现在的牛都养尊处优，变得金贵了，不像以前的老品种，精于反刍。反刍在村里又叫回嚼，就是牛进食以后，过一段时间，会将没有完全消化的食物从胃里返回嘴里，再次咀嚼、嚼烂，再吞下去。

小牛仔的区别也有。老品种的幼仔，生下来一般只有三四十斤，现在的肉牛，大多都在四十斤至七十斤之间。个头比以前的大。但有一点却是永远不变的：无论是哪种牛，只要一生下，几乎马上就可以站立起来。不像人，非要等到大约一岁以后，才能屁颠屁颠往前蹿。之前无非是先坐，后爬，再站，然后才慢慢学开步。从这一点来说，虽不能断言牛就比人先进，但似乎进化的急迫性，是比人要强许多。也或许，牛一生的寿命不过二三十年，倘若再像人一样慢慢学爬学站学走路，时间不就白白浪费了吗？

在牛的交易方面，跟猪也有颇多区别。猪的买卖很实在，几斤几两，都是实打实的，是多少算多少，单价乘以数量，总价马上就出来。牛也有这么算、这么卖的。但除此之外，还有更玄更绝的买卖法。买牛的过来，朝牛圈里一看，指着其中一头说："这头，我出一万。"卖牛的会说："开玩笑，少一万五不卖！"买牛的看对方是内行，也不多说什么，从钱包里掏出一沓，手指头一边数钱，一边时不时往嘴里舔一下，够了数，停下，在手心里齐一齐，递过去。买卖就算完成了。

外行人在一旁看得心惊肉跳。不过几句话的工夫，五千块钱的悬殊就在悄无声息之间，乾坤颠倒。怎么看，都像变戏法似的。但细究起来，也不像旁人所见的那般简单，以为买牛的吃了大亏。因为也会有另一种可能，买牛的走来过，见到其中一头，指着问："怎么卖？"卖家看看，伸出一只手，做个姿势，意思是：一万，说："少了这个数，不卖。"买家立马把眼一斜、嘴一撇，说："你骗我哟！一万？最多给你八千。卖就卖，不卖拉倒。"卖牛的一看，眼前这爷们儿不是个吃素的，略略一沉思，说："也罢，这笔生意就算我亏。先搭个往来，以后多照顾！"一手交钱，一手交牛，买卖完成。

看起来，双方都很轻松。其实不然。这都是养牛的行家里手才敢说的话。原来，牛和牛都是牛，牛与牛却有大不同。最大的不同在于，牛骨节的粗细、长短，牛架子的高矮、魁瘦。骨节越粗越长越值钱，架子越高越魁梧，价越高。到底粗长到什么程度，高大魁梧到什么份上，各自对应着什么样的价格，全都凭经验说话。经验相差不离的双方，一对上，买卖就成了。

所以，养牛看起来好像很简单，不过是照着它们吃了睡、睡了吃，其实门道依然很多。一个从没养过牛的人，若去从事这行，至少前两年，多半会吃很多亏、走不少弯弯道道。

高福星敢去碰这一行，一是有小时候的经历，对牛的习性了如指掌，不算外行；二是有多年养猪的经验，虽然养猪跟养牛是有一些不同，但总的来说，都是养殖业，内在的规律还是一样。

高福星的第一批牛进圈，已经到了五月中旬。

每天，他要做的事，就是早上把珍珠猪放出去，任它们漫山遍野去寻食，然后用高压水枪进行粪便清理、消毒。接下来，就赶着牛群上山。牛跟珍珠猪不一样，珍珠猪可以不管，时间一到，它们自然就归圈了。牛不行，牛非得有人照看着，一是防止它们走散走失，更重要的是，不能去破坏别人的庄稼。虽然村里种庄稼的人户已经不多，但毕竟还有。发现苗头不对，要及时制止。回圈的时候，也需要驱赶，不像珍珠猪那样，成群结队，自己就跑回来。

到山上去放牛，这都是他儿时的记忆呢。

现在，他又重操旧业了。那心里的滋味，真是既辛苦，又甜蜜。

23

高福星在村集体木耳产业投了资、入了股，又买了十几条母牛，前面挣的钱就花得差不多了。

但钱包空了，心却是实的。

不像刚回来那阵，四个口袋一样重不说，心也是轻飘飘的，总落不到实处。特别是，眼见着媳妇肚皮一天天鼓起来，那个兴奋劲儿呀，简直没办法形容。总之，就是比天天喝酒吃肉晒太阳，都要轻松自在，都要赏心悦目。前段时间，他只把猪舍做好清洁、消毒处理之后，就赶着牛上山了。现在不，现在又多了道步骤，每临出门前，都要到媳妇身边，轻轻摸摸肚子里的小家伙，然后才心满意足地离去。运气好的时候，手一碰上去，就感觉到轻微地动了那么一下，可能是小家伙在翻身？不不不！翻身的动静更大，应该不是。最有可能的是，小家伙睡醒了，正在伸懒腰呢。只不过，他要伸展的，多数时候是脚，而不是手。

硬硬的，轻轻弹那么一下。

原来，孩子还没出世，就知道生而为人，最重要的就是脚踏实地。抬脚，才能起步呢。

然后，高福星就起步上山了。今天上山与以往上山还有所不同。以前都是他一个人，独来独往。也不对！应该是，除了他那群牛，以前都是他一个人，独来独往。今天却多了个人——

小李子。小李子放星期，昨天才从学校回来。不想李如意这几天老觉得腹部难受，说痛不痛，说不痛又老觉得有个什么东西梗在那里。他把孩子交给高福星，让他帮忙看一下，他要去镇卫生院检查检查。高福星说："我这边被扯着走不开，只好你自己去了。"

高福星上山，其实也不能叫作上山，因为他们家就在山上。更准确的说法应该是，他和他的那群牛，离开老屋那片旮旯，到附近的山林里去徜徉了。一到树林里去，随时都可能与他的珍珠猪打照面。猪见到主人过来，也不羞怯地躲开，也不讨好般地过分亲昵，只旁若无人，啃它的草，拱它的泥，或者，睡它的觉。就好像，周围根本就没他这个人似的。高福星也假装没看到它们，只跟在牛屁股后面，优哉游哉，一路晃荡而去。只有小李子比较调皮，偶尔跑过去，摸摸这个，拍拍那个，本来很宁静的一天，瞬间就被搅扰得"哼哧哼哧"地四散开了。

高福星带着小李子，慢悠悠地爬上去，寻个开阔的制高点。有时候站着，有时候坐着，有时候蹲着，反正是，怎么舒服姿势就怎么摆。眼睛自然不能离开那群牛。就算不正眼看，也要用余光留意着。没有出格的事，就任由它们去，发现到了庄稼地旁边，赶紧一声吆喝："嘿哟嗬——"牛就到一边去了。还有赖着不走的，捡起一块石头，往那边一扔，也不会真往牛身上去。牛听到动静，知道那是警告，赶紧缩了头，扭开身子，跟其他牛一起往别处觅食去了。

每到这时，高福星就觉得，自己仿佛就是脚下的这座山。坦荡、裸露，除了漫山遍野的树木藤蔓、花枝杂草，胸无块垒，无遮无拦。虽说不上顶天立地，但坚实、稳沉，除了四季变换，从不轻易改变生长的志趣与繁茂的初衷。那些牛啊，猪啊，甚至还有别人家放出来的羊啊，都在身上踩来踩去，拱来拱去，那感觉，就仿佛是在挠痒痒，又仿佛是一些天真烂漫的孩童，在自己身上爬来爬去，戏谑嬉戏。

快要做爸爸的男人，心思就是这般与众不同。

到了兴头上，他还会亮开嗓门吼几声，都是些半荤半素的五句子。比如：

栽田要栽罗荡秋，
使牛要使线角牛，
找姐要找当家姐，
吃东吃西才好留，
这件心思个个有。

这本是男声，唱出来，需要女声来和。可偌大片山林，不像他父亲年轻时那样，山里的男人女人，随便扯几个出来，都能唱和如流。现在的山林里，除了山雀掠过，"喊喊喳喳"几声啼鸣，或者猛蹿出一头野猪一只獾，跟着珍珠猪一阵乱跑乱嚷，又是惊骇，又是欣喜，再难听到其他声音。就算有女人在附近，也没有几个会唱和了。他便只能自娱自乐，又亮起高亢的声调来：

去年栽秧我留碗肉，
留到今年六月六，
一瓶美酒放淡了，
一碗腊肉化成油，
这样心思哪里有？

　　远处有人听见了，有些咧开嘴笑笑，觉得还蛮有意思。也有一些根本不屑的，嘴角往上翘翘，对旁边人说："所以说，吃饱了撑的。刚回来那阵，也没见他这样骚来挠去。"

　　好在高福星反正听不见。所谓风言风语，不过是随一阵风来，随一阵风去。风过处，顶多树枝如波纹一样荡几荡，山还是那座山，动也没动一下。

　　有时候高福星在这边唱，李巧妹在老屋听见了，也会跟着和一和。她本来是不会唱的，但听高福星时不时在家唱几句，无形中也跟着会了一些。

　　高福星唱：

> 太阳落土往下缩，
> 这才好唱扯谎歌，
> 风吹石头滚上坡，
> 灯草落下打烂锅。

　　李巧妹和：

> 太阳落土往下缩，
> 这才好唱扯谎歌，
> 青杠树上黄鳝眼儿，
> 烂泥田头捉鸦雀窝。

　　如果李巧妹没听到，也无妨，高福星就会吼了一遍吼二遍，对着对面山上自家屋，把嗓门都能吼破了：

> 太阳落土世上黄，

情妹出来捡衣裳，

双手搭在杆杆儿上，

双脚站在石头上，

一捡衣裳二望郎。

不承想，吼着吼着，旁边一个稚嫩的声音也响起来：双脚站在石头上，一捡衣裳二望郎！

高福星回头望望小李子，不由得嘿嘿笑起来。

这小子，机灵，李家有盼头！

到了一壁凌空突兀的峭岩上，高福星觉得有点累，说："我们坐下休息会儿吧。"再看小李子，却气定神闲、精力十足的样子，丝毫不见停歇的必要。才不免感叹，岁数果然大了，筋骨没年轻人那般灵活有耐力了。说到那壁峭岩，其实也不高，十多米，只是从平缓的坡地伸展出来，像大山吐出根牛舌头似的，甚为显眼。高福星坐在石岩上，眼瞅着牛在山坡上吃草，心里竟泛起无比的满足感。

此情此景，宁静而安详，不正是他一直向往的生活图景吗？

小李子站在一旁。他还没到悉心体悟生活的年纪，也没兴趣欣赏满山遍野的好风景。从小到大都生活在这山里，都熟视无睹了，哪里会像突然进山的城里孩子，新奇得"叽叽喳喳"叫嚷个没完。

他在玩他那把"枪"。

那把"枪"已经跟随他三四年吧。具体多少年，他也说不清。反正是从记事开始，父亲就给他做了这把枪。父亲也曾想去镇上给他买把玩具枪，可一问价钱，立马不吱声了。只牵了孩子的手，边走边说："回去老汉儿亲自给你做一把，保管比卖的这个好。"村里也有孩子买不起玩具枪的，大都从树上寻到像枪一样形状的枝丫，扯下来，把斜枝嫩叶一掰，握在手里，扛在肩头，就成了心目中神圣的钢枪。

李如意做的这把枪，却很费了番心思。他记住了货摊上玩具枪的样子，回到家，直接到了灶门口。那里堆满了各种各样的柴火，有干枯的树枝，有旁逸斜出的杂树苗，有成捆成捆的茅儿杆……反正都是些韧劲好、烧起来火力旺的好燃料。

李如意东刨西刨，终于从柴堆里刨出来一样东西。那是块椆子板。好些都当柴烧了，印象中还剩下几根。一找，果然还在。于是用斧子削了大致形状，又用柴刀仔细修理，一把"枪"，就像模像样地展现在孩子眼前了。

李如意把"枪"递到孩子手里，说："去玩吧，它是你的了。"

小李子接过来，一晃，三四年就过去了。那把"枪"一直陪伴着他。如果老汉儿出门办事去了，他一个人在家，就会把"枪"紧紧地抱在怀里，听到外面有动静，就警觉地把"枪管"向外一指，大喝一声："谁？"过了好一会儿，没见回音，才重又收回来，端好，俨然一个站岗的哨兵。想一个人去山里玩，也会把"枪"随身带着。仿佛那就是把真枪。只要和它在一起，什么危险都不再是危险，什么恐惧也都烟消云散了。

现在上了小学，不能每天都和"枪"在一起了，只能放了星期，把作业完成以后，才可能拿出来，无拘无束地玩一会儿。

高福星想起小时候，自己也特别喜欢枪。他那时候更绝，从檐沟后面挖一团泥，先在石板上不停地搓，像搓汤圆面一样，把泥巴搓得黏黏的，万一湿度不够，就加点水。然后就按想象的样子，把泥巴搓成"枪"。唯一的不同在于，泥巴搓的"枪"不能太长，也不能太大，只能搓成短短的一柄"手枪"。

高福星说："你这枪做得真像。让我看看吧？"

小李子听到夸奖，满心欢喜，把"枪"递了过去。

高福星接过来，不知为什么，心里立马就有一种异样的感觉。这种感觉很微妙，你说它有，又好像不存在；你说它不存在，又好像真真实实就在你手心里握着。

他想来想去，突然意识到，这种感觉不是别的，是熟悉，是亲切，是好像一握在手里，就知道，它是自己的。

怎么会有这样奇怪的感觉呢？

高福星十分纳闷，禁不住低头仔细观看、摩挲起来。

这不看不要紧，一看，还真把他吓了一大跳。他已经看出来，这是一把用桷子板改做的"枪"。用桷子板改做的也不要紧，真正要紧的，是这把"枪"的侧面，居然还刻着几个字。尽管字迹很模糊，已经模糊到几乎无法辨认了。如果换个人，也不会太当回事。可偏偏看的人是高福星，事情就变得复杂起来。

高福星看到的那几个字，尽管很模糊，有些笔画已经完全磨损，靠猜，才能大致辨认；有些笔画只剩一半，另一半则需要靠常识、靠想象去补充、填齐；还有一些，笔画倒还在，可上面糊上了厚厚一层污迹，不仔细，哪里会看出那居然是刻的字，可是，尽管如此，他还是认出来了。

因为那几个字，不是别人，正是他高福星刻上去的！

刻的什么呢？刻的是：巧妹，我爱你！

他的眼前又出现了当年刻这几个字时的情形。父亲去世以后，他把老屋又重新整修了一遍。他把屋顶都换了，从山上砍了树，换了檩梁和桷子板。有一回，他正在把一块桷子板往檩子上钉，一抬眼，就望见了李巧妹。李巧妹站在自家门前，也正朝他这边望。四目相对，高福星就觉得，心里猛然"腾"地一下升起一团火，烧得既难受、又幸福。刚好手边有一把小锉刀，就不由自主地在椽子板上刻下了"巧妹，我爱你！"这几个字。

当然，这是他一个人的秘密。

直到现在，直到他和李巧妹已经结婚十几年了，她还不知道，十几年前的那个下午，正是她那不经意的一瞥，点燃了他心中爱的火焰。也许，也不能说那是"不经意的一瞥"，她的心里，也早有了一些模模糊糊的感觉。很新鲜，很特别。具体来说，就是她看他这个人，越来越顺眼，越来越有味了。

这种感觉以前从来没有过。

尽管，他们都是好多年的老邻居了。

高福星的胸中泛起一股钻心的疼痛。小李子手里这把"枪"，毫无疑问，是用他家老屋屋顶的某一块椽子板做的。那么，这是否就意味着，损毁老屋的罪魁祸首，已然浮出水面了呢？

24

小李子这把用梳子板改做的"枪"，基本上揭示了老屋被毁的真相。还是那个简单的推理，如果不是老屋屋顶被揭，片瓦不留，在没有任何防护的情况下，长年累月风吹日晒，墙体严重风化，那么，即便受到外力的重压，也不可能瞬间轰然倒塌，顶多是，那棵松柏隔挡在屋顶，打烂一些瓦，压坏几根檩梁而已。

高福星说不出心里是一种什么样的感觉。他想恨，可是好像又恨不起来。恨什么呢？老屋早已不复存在。两家关系也冰释前嫌。就算要恨，他又能怎么做，才能解恨呢？难道，等李如意回来，跟他大吵一架？这好像不是成熟男人应该做的事。那么，跑回去把他们家的屋顶也给掀翻？他本来就是贫困户，岂不更要雪上加霜，陷入难以自持的境地？或者，他的孩子就在身边，趁他不注意，做点什么，让他后悔一辈子？不不不！做人，不是这样做的。

他再狠，也还没有狠到这种程度。

可是，难道什么都不做，就像什么都没有发生那样，一口气吞了？

可是这口气憋在心头，真正如千钧巨石压着一般啊。难受是一方面，倘若一直压在那里，说不定还会压出什么毛病来呢。

正这样凄惶难耐、胡思乱想之际，手机铃声突然响了起来。

不由自主地掏出来，摁了"接听"。就听到里面断然而急促的喊声："快！赶快回来！你媳妇出事了！"

高福星脑袋"嗡"的一声响。想要再问"出了什么事？"那边早已"嘟嘟嘟"，挂断了。没得说，情况肯定相当紧急，不然，不可能连话都只说个半截。最让他感到诧异的，是打来电话的那个人。

那个人，竟然是癞头！

癞头居然打来电话，告诉他媳妇出事了。这事，怎么看怎么别扭，怎么想怎么不合情理。高福星实在放心不下，赶紧拨打媳妇电话。可是，拨了好几次，都是"对不起，你拨打的电话已停机！"真是越急越不遂心，正在紧要关头呢，媳妇手机多半又欠费了！

不及细想，高福星猛地站立起来，也可能是急火攻心，也可能坐久了，突然改变姿势，总之，就在他站起来的那一刹那，他只觉得眼前一黑，还没反应过来是怎么回事，就顺势倒了下去。

但他的意识还是清醒的。

眼前也只是黑了那一瞬，又突然明亮了。

然而他的身体，已经不可避免地扑到了悬崖边。也是命大，崖边往下半米左右，刚好有一棵小树斜斜地长在那里，把他身子一拦，挂住了。高福星醒了，可现在上不着天，下不着地，双手又没个着力点，靠他一己之力，一时半会儿，很难回到"牛舌"岩上去。

小李子站在崖边，脸吓得惨白。这小子毕竟是学生了，从小又像牛一样，放养惯了，自主性强，碰到这种事，也只是短暂地蒙了一会儿，很快，他就想到了办法。他飞快地向不远处的一头牛跑去。那是最小的一头，架子只有其他牛的三分之二。高福星对它特别照顾，在牛鼻子上拴了条草绳，有时候会牵着它放，以免它跟不上其他牛的节奏，受奚落。

小李子把牛牵过来，离崖边两米左右，停下。他怕再往前，牛因为害怕不听招呼。他把草绳提起来，慢慢挪到崖边，看到高福星的头，才喊："我把绳子递给你，快接住。"说来也怪，那牛仿佛也知道出了什么事，竟然十分配合，一点不乱跑。不仅如此，小李子将绳子扔下去几次，都因为短了，高福星的姿势又不对，使不好劲，没接住，那牛竟然自己又往前挪了挪，直到真正感觉到了危险，才止步。

绳子扔到了高福星的耳朵边，他把手往上抬了抬，终于够着了。然后将绳子拴住自己的腰，双手再握紧草绳，示意小李子，可以从上面用力拉。小李子哪里有力气拉呢？但他不能什么都不做，拉了几次，实在不行，他的目光又盯到了那头牛身上。他走过去，在牛角上轻轻拍了拍。牛头对着崖边，这时竟好像懂了小李子的意思似的，一小步一小步，慢慢往后退。幸好那棵小树离平台只有半米左右，牛退了几步，高福星双手居然就抓住了岩体。他也没摔着，没受伤，只是精力有些不济，但很快，因为有牛和小李子的帮忙，他自己又得了力，没几下就爬了上来。

高福星上了"牛舌"岩，想对小李子说几句感激的话，结果只说道："我有急事，先回去。你在这儿把牛看一下。"走过去，想把牛头往怀里拥拥，竟没有拥住，急急忙忙就朝老屋那边跑去。

一路上，边想着媳妇的状况怎么样了，边感慨不已。

是啊，很多时候，畜生也懂感情、懂感恩呢。你养了它，对它好，它就知道，什么时候该对你好，该帮你。只不过，它不知道的是，你养它，并不是单纯为了它好。你养它，对它好，是想它帮你换取更多的物质利益。从这一点来说，人真的很卑鄙，很虚伪，很无耻，很没有"牛性"。

这样的想法也只是在高福星的脑袋里打了个转，很快就倏忽不见了。他已经跑到了地坝边，没有时间再对这些问题深思熟虑。更重要的是，他是个养殖户，不是哲学家，没有义务，也没有深度去探究，到底是"牛性"比人性优越，还是人性比"牛性"更高级。

管理房那边，几个人正忙作一团。

癞头眼见高福星跑过来，有些埋怨道："怎么搞这么久，血都快止不住了。"另一个人，也转过身来，大声嚷嚷道："还愣着干什么！赶快上车呀！"高福星这才看清，说这话的，正是等了好几个月都没有露面的女帮工"吴姐"。

但他现在已经来不及跟他们寒暄了。他跑到媳妇面前，目力所及之处，鲜红一片。媳妇的右手，整个掌心，一块皮完全被剥离，像翻盖手机一样，从手指那边翻到了手腕那边。红鲜鲜的肌肉裸露着，触目惊心，简直让人毛骨悚然。

几个人手忙脚乱，将李巧妹抬上车。吴姐坐在她身旁搀扶着。高福星跳进驾驶室，火一点着，脚下"轰"的一声油门，小货车像脱缰的野马，急急往镇卫生院驶去。

原来，高福星受李如意之托，带着小李子上山放牛。李巧妹则留在管理房，一是照家，二是要给牛准备些草料。去山上放养，并不是每天都能成行的事。遇到高福星有其他事，或者下雨天，就只能把牛关在圈里，这时候，没有备料，牛就只能干瞪眼、饿肚子。所以李巧妹总是要未雨绸缪，先行准备一些，存在库房，以作不时之需。

管理房是两层。李巧妹在上面一层，先把菜切好，把米下到电饭煲里，等高福星放牛回来，饭就煮得差不多了，再开始炒菜。然后到下面去，下面是库房兼工作间。她把铡草机通上电源，再将草送进入口。刚开始一切顺利，也不知是一次送得多了，还是草还没干，机器有点卡。她就想把草扯一扯，松一松。可是，手一去，还没反应来过呢，手就被绞了进去……

情急之中，她本能地把手往回一缩，掌心的皮，就翻了个对过。她感到剧痛难忍，于是惊恐万状，大声疾呼："啊——救命啊——"

如果是平时，她站在外面，声音高一点，还可以跟高福星对上几句山歌。只恨那天，虽然拼命叫喊，却无奈关在管理房内，声音根本传不到山上去。高福星没有听见她的呼救声，不想癞头却听见了。

要把这事说清，还得再多费几分笔墨。

按常理来说，癞头家虽然住在几百米开外，但要听到她的喊声，也不容易。巧的是，那天癞头却不在家里，正好到了管理房外面。癞头到这边来，本来也没什么好事。上次，他被高福星羞辱，虽然表面服软，却一直怀恨在心，总想找个机会要报复。不然，这口气，实在是咽不下去。一个大男人，比他姓高的还年长好几岁呢，居然就跪在对方面前，跟他认错，跟他道歉，跟他保证以后不再怎么怎么。我的天！这种事，这个场面，要是被村里其他人知道，不是要笑掉大牙吗？他癞头虽然叫癞头，可再怎么癞，还是有头的呀。有头，就有脸。现在连脸都没有了，还怎么过日子？

所以，他必须要把这脸面给找回来。

怎么找？那就给姓高的一点颜色看看呗！至少，也要让他心里难受难受！对，让他难受！

凭什么只是我难受，他却一天顺顺当当过好日子？

大家都难受一回，就算扯平了！

所以，癞头过来，是因为他瞅准高福星上了山，家里只剩李巧妹一个人。一个女人，一个怀孕的女人，一个被人"一带就跑"的傻女人，好对付！

他最忌惮的，还是摄像头。

上次，就是那所谓的摄像头害他栽了跟头。

癞头过来，也不是贼头贼脑，扭扭捏捏，而是自自然然，大大方方。就好像，只是正好路过；就好像，即便被怀疑不是正好路过，是处心积虑想好了才过来，也是为了一些正当事，比如，说我也想养牛呢，来看看这边养牛的情况，学习学习。

然而牛早已上山了。还有那些珍珠猪，也都上山了。留在猪舍里的，只有白毛猪。

癞头的眼睛并没有盯着那些白毛猪。他目光朝前，余光却在房梁檐角间逡巡，像排雷一样扫来扫去。

果然，还是有摄像头！

他刚才路过地坝边的洗衣台，上面摆了一大包洗衣粉。正想顺便拾起来，一转念，又放弃了。他必须得到万无一失的确认之后，才能按计划行动。他在心里"嘿嘿"一笑，若有机会，那大半包洗衣粉，也够那些畜生喝一壶的了。

现在看来，幸好没有动手。不然……

癞头想想，有些后怕。正在焦虑，这该怎么办才好呢？然后就听到一声惊呼："啊——救命啊——"

癞头吓了一跳，不知出了什么事。还以为行踪暴露，有人故意吓自己呢。

接着又一声惊叫："来人啦——"

这一次，他听清了，叫声来自管理房那边。而且，他也听出来，是高福星的媳妇李巧妹的声音。更重要的是，这声音绝不会是别有用心装出来的。

她是真的在呼救！

癞头心头略一迟疑，立马向管理房飞奔而去。

门是虚掩着的。他一脚把门踹开。里面光线不是很好，虽然开了窗，但毕竟只有一扇，也可能是他从外面进来，眼睛还没适应，总之，他的眼前就是突然一暗的感觉，几秒以后才看清，李巧妹正蹲在地上，一只手把另一只手紧紧捂着，脸上痛苦而绝望，大颗大颗的汗滴，像在雨天被淋湿了一般。

再看看面前的铡草机。

癞头像突然明白了什么似的，一转身，又跑到了屋外。

癞头到了屋外，却并没有离开，而是飞快地在房前屋后寻找起来。很快，他找到了想要的东西。那是一种草药，形似香菜，因为每一片几乎都由五小瓣组成，所以俗称"五爪金龙"。这种草药是消炎止痛的奇药，当地很多村民，无论割草被镰刀误伤，还是不小心在山间摔倒，皮被磨破，敷上这种草药，几日便痊愈。正要抽身回转，又看见不远处一丛苁蓉的、形似菊瓣巧如金银花一样的植物，那是黄菀。黄菀也是一种非常好的消炎草药。不及细想，一把挽拢，扯下来就跑。

他想，两种药合在一起，效果肯定会更好。

癞头回到屋内，嘴里还在不停咀嚼。他必须把草药嚼烂，才能敷在李巧妹的掌心。否则，药汁儿没出来，很难见效。李巧妹脸色惨白，一副死人相。痛是一方面，更多的还是恐惧。终归见到有人来了，没有再呼天抢地地哭号了。

有那么一刻，她脑袋里冒出来一个很奇怪的画面。那是猪，也或者是牛，脖子上一个黑洞洞的创口，那是被刀狠狠捅进去、又轻轻抽出来留下的。它们在生命最后一刻的哀号，和她的惨叫，到底又有什么不同呢？

李巧妹对癞头并没有什么好感，但这时候也顾不了那么多了，只像个木偶一样任他摆布。癞头把嚼烂的草药吐在李巧妹掌心，又从旁取了条毛巾，胡乱地用力裹了几裹，才说："好了，我给高福星打电话。"

刚在电话里说："快回来！你媳妇出事了！"背后又传来一声惊呼。

回头，却是个陌生女人。

陌生女人先是吓得大叫，接着就放下手里的提包，跑过来。她一边帮着他搀扶，一边问："怎么回事？怎么会这样？"但这时候癞头哪里有心思理会这些，只说："小心点，别碰手！"

癞头不认识女人。但他想，女人肯定跟李巧妹很熟，不然也不会出现在这里。

女人自然跟李巧妹很熟。她就是李巧妹三请四催一直没露面的"吴姐"。吴姐虽然一直没过来，但李巧妹还是理解她。她知道吴姐是个讲信义的人，答应人家，说了三个月以后才能走，那必定就会说话算数。表面看来自己这边受了损，但长远来说，跟这种人打交道，未必不是一件幸事。所以，她也就暂时强忍着辛苦，等着她过来。

吴姐过来，跟李巧妹一直保持着联系，到了镇上，电话却突然打不通了。好在李巧妹之前就把地址用微信发给她了。吴姐坐上"摩的"，跟师傅一说去哪个村找哪个人，师傅就径直上山来了。

高福星急急忙忙跑回老屋，看到媳妇那副模样，心都焦烂了。尽管觉得奇怪，可哪里还有什么闲工夫，先来弄清楚为什么这两个人突然出现在媳妇周围。

高福星开着小货车，飞也似的朝镇卫生院奔去。若在平时，见到吴姐，肯定先要问个家长里短，以示热情。可此情此景，一路上，大家都沉默着没有多话。直到快到镇上了，才听吴姐说："刚才那个男的，叫什么名字？"高福星说："高胜德。可我们都叫他癞头。怎么了？""癞头？这名字好怪。"吴姐略一思索，接着说，"也没什么。就是觉得，他是个好人。今天如果不是他，巧妹怕是要吃更多的苦。"

高福星万没有想到，在吴姐眼里，癞头竟成了好人！

可不是吗？她刚才不是说了吗？如果不是他，巧妹今天怕是要吃更多的苦呢。癞头居然帮了巧妹！帮了巧妹，就是帮了他高福星。

癞头帮了高福星。

这个结论，如果不是已成事实摆在眼前，高福星一定会认为，下这个结论的人，恐怕真的像癞头的弟弟一样，快疯了。

25

高福星开着小货车，到了镇卫生院门口。正准备将李巧妹背到背上，吴姐在一旁搭手帮忙，李如意却从里面走了出来。

高福星没注意到此时的李如意，步履沉涉，满面愁容。李如意见一行人过来，很是一惊，问道："怎么回事？"吴姐不认识他，没有作答。高福星听到是李如意的声音，赶紧抬起头，说："手被机器打了。"把李巧妹往上耸了耸，又说，"你赶快回去。小李子还在山上帮我放牛。一会儿该赶牛回圈了。他一个孩子，怕是不行。"又扭头对吴姐说，"反正到了医院，有医生护士在，不缺人手。你跟，他，一起回去。那么多猪没人照料，还是不放心。"在说"他"的时候，嘴里差点冒出个"哥"字来。可一想到老屋屋顶被揭光的事，又立马变了音。

高福星嘴里交代着，脚下却没有完全停下来。

李如意本来也有心事，但这心事现在必须得暂时搁置到一边。他带着吴姐，喊了个"摩的"，急急往家赶。若在平时，他是不可能喊"摩的"的，一趟十五块，来回就是三十。三十呢，都够孩子吃好几顿肉了。但是现在，他只好硬着头皮坐上去。万一动作慢了，孩子出点事，那可不得了。

等他们赶回村，一看，不但孩子好好的，正在房屋外面玩耍，而且，那些牛啊猪啊，全都安全回了圈舍。有一个人，坐在孩子不远处，"吧嗒吧嗒"地抽着纸烟。

高福星没心情过去搭话。只要孩子没事，他就放心了，径直回屋去，倒头便睡。

他，实在太累了。

他所累的，不但是他的身体，还有那颗沉重的心。

吴姐朝癞头走过去，说："你叫高胜德？"

癞头一惊。高胜德？这个名字听起来好陌生，他差点没有想起来，原来，他还有一个本名，叫高胜德。几十年来，人们都习惯叫他癞头，他也早已习惯，人们都叫他癞头。癞头就癞头呗，癞头有什么不好？实际上，他的头一点也不癞，头发葱葱茏茏，只不过，因为一年到头洗不了几次澡，显得有些凌乱、肮脏。起初人们叫他癞头，本意是说他像个赖皮，凡事喜欢耍赖，还有满脑子都想依赖别人的思想。但明着说他"赖"，好像又说不出口，于是就戏谑地叫他"癞头"，谐个音而已。

现在有人叫他高胜德，愣了半天，才目光呆滞地说："啊？高胜德？哦，是的吧？"

吴姐见他这般神情，觉得有趣，忍不住"噗嗤"笑出声来，说："天下竟有这样的人，连自己的名字都搞忘啦？"吴姐不明就里，自然所思所想跟村里人不同。

"我看你心挺好的嘛。那些牲畜肯定是你帮忙赶回来的吧？是不是一天到晚只想着做好事，才把自己的名字搞忘了？"这是玩笑话。癞头听了，果然咧开嘴，不好意思地笑了笑。从小到大，从来没有一个人，不管是大人，还是小孩，也不管是男人，还是女人，从来没有谁，在他面前，说他的心好。心好不就是好人吗？

他癞头，算是个好人吗？

他从来没有想过这个问题。

他一直以为，自己就是癫头，或者，就是"赖皮"也行。

现在突然有人说他心好，认为他是好人。他就有一种异样的感觉，感觉心口热乎乎的，像喝了一杯温开水，又像吞了几根热水面。

他想，这样的感觉真好啊。

如果一直以来，都是这样的感觉，那该多好啊。

这是不是说，做个好心人，做个好人，就一直会有这样的感觉呢？

吴姐又问："你一个人跑出来这么久，媳妇不着急吗？"

媳妇？癫头从哪里来娶媳妇呢？村里有哪个女人，看得上他癫头呢？他不知如何作答，但又不想这么快就露老底，只好说："一直找不到称心合意的，再看吧。"

吴姐像吃了一惊，又像突然明白过来，说："男人，还是要成个家。有了女人，才有生活的目标。有了目标，日子自然就有动力好好过了。"吴姐本来是有感而发，泛泛的一种感受，也没有特别所指。但在癫头听来，却好像是专门说给他听的，每一句，每个字，都说到了他的心坎上。就好像，一个恶疾缠身的老病号，突然遇到一个药到病除的大医家，那种感觉，真好比一直被关在黑屋子的人，又重见了天光。

目标。

是的，在他的意识里，又何曾有过目标这个概念呢？

如果他的生活中有目标，如果他有个女人，一切，是不是就会不一样呢？

其实，早些年，他也不是没有过目标，他也曾热切地期盼过，找个女人，找个像水一样柔软的女人，把他这团硬泥稀释、溶解，然后，想把他捏成什么样，就捏成什么样。可是，就是没有女人看得上他呀，他能怎么办呢？久而久之，他也就无所谓、不在乎了。

就算你有所谓、想在乎，现实的冷水也总是在你刚刚燃起点儿火苗时，又毫不留情地泼过来。

泼过来，他以为火苗就熄灭了。

他以为，他从此就清醒了，再也不敢奢望了。

可没想到，被这个陌生女人就那么不经意地拨弄了几下，他的心里，又开始蠢蠢欲动了。

吴姐当然也不会知道，她那么平常的几句话，居然会在这个她称之为"心好"的男人心里，掀起那么大的波澜，刮起那么强劲的风暴。

那个下午，他们一直坐在地坝边。说是聊天，好像也不是，他们没有你一言、我一语，没有。总的来说，还是吴姐问的多。癞头这边，多数情况下，问一句，他就答一句。有一阵没什么词了，就安静地坐着，好像一个听话的学生，随时预备着回答老师的提问。

跟老师提问唯一不同的是，小时候老师提问，总让他提心吊胆；而吴姐的问题，却让他心里，感觉到了一丝多年以来都毫无知觉、现在却分外清晰的美好。

难言，而真实。

当李巧妹还在住院，当高福星鞍前马后照顾媳妇、在医院和老屋之间马不停蹄穿梭忙碌的时候，没有谁知道，癞头已经做出了他人生中最重要的决定：他要重新用回他的本名，他要唤醒人们的记忆，他其实叫"高胜德"，不叫癞头。他想起了覃主席跟他说的话。覃主席说："只要你肯动手，政策我帮你争取。"他想起了孔支书苦口婆心跟他讲道理。孔支书说："我们全村很快就要脱贫了。大家都在拼命往前奔，你不可能心甘情愿拖后腿吧？"他还想起了跟高福星之间的那一档子事。我呗，那个高胜德，不就是个名副其实的癞头吗？不就是个遭人厌弃、没人愿意跟他互通往来的无赖吗？

做个好人，比做癞头的感觉，好多了。

最最重要的是，他记住了吴姐的话。他应该有个目标。虽然他不知道，做了好人，是不是肯定就有女人愿意跟他。但有一点是确凿的，如果他不改变，如果他继续做他的癞头，那他这辈子，恐怕都跟女人无缘了。

不管结果如何，有盼头，总比没盼头好呀。

人们慢慢就发现，村里这个叫"癞头"的男人，的确在发生一些前所未有的变化。比如，有人跟他见了面，喊："癞头，大家都在夸你公路扫得好呢。"这是表扬他。来人说的也是实话。只不过，有一层，这人没有点破。大家夸是在夸他，但都是带戏谑性质的。大家说的是："真没想到啊，那么懒的一个人，居然把路扫得这么干净！"癞头不知道这些，也管不了那么多，只把眼一瞪，说："谁是癞头？我叫高胜德！"那人一愣，好半天才恍然大悟道："对对对！高胜德，是高胜德！"一边嘀咕，一边讪笑着离去。

从那以后，人们发现，只要有人叫他"癞头"，他立马就会给人家纠正。

也不光是在名字上做更正。

也有其他更实质的改变。比如，高胜德本来也没什么胡子，偶尔能见到稀稀落落的几根，但他居然连那几根也看着碍眼，非要每天举着菜刀在脸上糊弄几下，结果有时候用力不均，手一抖，就在脸上划出道血口子。所以，就只能在家里窝几天，免得被人笑话。如果不出这样的意外，他就变得更勤快。衣服不是每天洗，至少也是隔三岔五就要洗一次；也不是每天都换，但绝不会像以前，一年半载都换不了几次。在照顾"精神病"弟弟方面，那就更不用说了。不知道的人，还以为，这哪是两兄弟，分明就是一对父子嘛。也是，长兄为父，他越来越把自己当成这个特殊家庭的顶梁柱了。更让人们刮目相看的是，他居然开始摆弄起他家那一亩三分地了。这可是以前从来没有过的事。种点红苕，点点豌豆，然后栽点窝麻菜什么的，反正是，杂七杂八，只要能吃的，什么都种点儿。要知道，就算上次他把村集体的青杠木耳扛了四十截回来，也只是搁在地坝上，并没有正正经经花心思去经营呢。

他已经不满足于自己的公益性岗位，以及他弟弟的那些补助了。

细心的人们会发现，高胜德最大的变化，还是跟高福星的关系上。这样说也不对，也不是直接跟高福星的关系，而是，他跟高福星家请来的女帮工吴姐之间的关系变得越来越融洽，相应地，看起来，他跟高福星之间，就仿佛跟以前不一样了。这样解释比较绕，还是说点具体的事，更容易理解。李巧妹还在住院，高福星也还是白天去医院照顾，晚上跟吴姐替换，他回家来，吴姐去医院。吴姐白天一个人，既要喂猪，又要放牛，有时候实在忙不开，就会喊高胜德过来帮忙。高胜德也不推辞，不但不推辞，还好像得到吴姐信任，是一件无上光荣的事，这边一吱声，那边就如同火箭发射一般过来了。做起事来，也真像一头牛似的。吴姐叫他做什么，他就做什么，毫无怨言，也从不谈报酬，就好像，他做这一切都是顺理成章，理所应当。刚开始是吴姐叫他，后来吴姐不叫，他自己也会跟过来。过来一看，吴姐正忙着呢，就问："我做什么？"吴姐微微一笑，就开始吩咐。也好像，他来得真正是顺理成章，理所应当。

高福星回来，有时候也会纳闷，这孤男寡女在一起，是不是也太频繁了点？特别是，那癫头怎么突然变得这么好心，有事没事都往这边窜？美其名曰"帮忙"，只怕是黄鼠狼给鸡拜年——没安好心吧？但他又不便说破。你不能说，人家好心好意帮了你，结果你却在一边冷眼旁观，质疑人家吧？再说了，媳妇这次能很快转危为安，也确实多亏了他……

也就姑且不说什么，任随他们去。

只要不做什么缺德事，家里，也确实需要再多个帮手。

缺德事没有如高福星担心的那般发生。事实证明，高胜德在吴姐的带动下，完全成了个好帮手。

可坏消息，却突如其来，令人猝不及防。

那天，高福星刚到医院，手里的饭盒还没放稳，医生就过来，把他拉到外面走廊上，说："跟你商量一下，你媳妇必须马上做手术，不然，小孩保不住，大人也有危险！"医生嘴上说"商量"，语气却十分坚定。高福星不知怎么回事，问："怎么这么严重？"医生说："我们尽了全力，开始是想保住孩子。可能你媳妇这段时间没有休息好，精神压力比较大。前几天还没发现明显异常，今天检查，情况已急转直下，孩子，怕是不行了。为了大人安全，建议马上动手术！"

高福星皱着一张苦瓜脸，一时间，不知怎么办才好。

医生看他犹豫，催促说："赶紧决定吧。再拖，怕大人小孩都不保啊！"

高福星心里，如刀绞一般。但毕竟是生死关头，容不得拖泥带水，优柔寡断。哪怕是把心割下来，他也只能强忍悲痛，说："你们是医生，你们说怎么办，就怎么办吧。"

26

高福星白天要去医院照顾媳妇，晚上回去又要看好牲畜，基本上没有精力顾及其他。直到半个月以后，李巧妹出院回来，他才听说，这段时间村里又闹出了大动静。具体来说，就是经过市、县、镇三级政府综合调研，请专家到村里来考察，然后给出建议，确定增加一项村集体主导产业：乌梅种植。乌梅既可以入药，也可以作为水果食用，具有极高的经济价值。专家算了一笔账，全村可利用耕地大约四百亩，可种乌梅四万株。到盛产期，一株乌梅可结果约二百斤，每斤按十五元市值计算，收入就是三百元。三百乘以四万，一年下来，总收入可达一千二百万元。除去各种成本，利润只算三分之一，就是四百万元。利润的百分之五十一归村集体所有，余下百分之四十九，按每户村民投入土地量的多少占股，量多股多，量少股少。全村三百八十多户，平均下来，一户一年可分红五六千元。另外，成本中的人工这一项，也按三分之一算，这三分之一，实际上又以劳动报酬的方式最终到达村民手中。因为前期乌梅幼苗购买绝大部分资金都是国家扶持，所以对村里来说，并无压力。这种以村民耕地入股方式发展农村经济的好处在于，把大量闲置的土地重新流转利用，重新产生经济价值。这无异于又一场土地"革命"。

高福星的认识当然还没有到达这样的高度。不要说高福星，村里除了少数几个村干部，因为经常去镇上学习相关文件精神，可能有些朦胧认识，其他村民，恐怕没有一个意识到，这其实是国家针对当前农村土地普遍闲置现状，正在下的一盘大棋。

不过话又说回来，村民们有没有这种意识，并没有多大关系。对于普通人来说，只要腰包鼓起来，比其他什么都重要。

普通人，自然也包括那二十四户贫困户。高福星的印象中，他回来那阵子，村里还有二十八户贫困户，其间减少的那四户，据说有两户是因为子女在外面打工买了车，有一户回县城买了房，还有一户，情况更特殊。这一户是主动找到孔支书，说："贫困户的帽子，我不要戴了。"孔支书先是有些诧异，继而很快理解了。也是，人家女婿大约在十年前就投资了三万元，在老丈人家的土地上种植了近万棵桂花树。前些年树还小，又因为单家独户，虽然成片成片，还是没怎么引起别人注意。又因为他和女儿女婿不在一个户头，所以当初就被纳入了贫困户。现在树慢慢大了，可以往镇、县销售，情况就有了变化。但孔先行还是有一点不明白，问："那些桂花树不是你女婿的吗？"老人家抿着嘴，"嘿嘿"一笑，说："他出钱，我出地。他占百分之三十的股，我占百分之七十。"孔先行这才恍然大悟，这个"贫困户"，确实是该"销号"了。

回过头来说村里，现在正在做的，或正准备要做的，不就是让大家的腰包鼓起来吗？

村民们的腰包会随着政策的落实、计划的实施，慢慢鼓起来。李巧妹原先鼓鼓的肚皮，现在却不可避免地瘪了下去。人们发现，回村以后的李巧妹，很少露面了。这也可以理解，毕竟手都残了，又是小产，是要多花些时间在床上休养。但慢慢地，人们又觉得有点反常。这个李巧妹，虽然柔顺，却也不是个性格懦弱的人啊。要说手伤，应该已经愈合，虽然很惨，但只在掌心，并不是其他显眼的地方，不怕因为破相遭人笑话。掉孩子这事，在农村，也算不得什么。哪家哪户没有过这种事呢？农村妇女，哪像城里女人那样金贵，在屋里躺几天，身子没有大碍也就差不多了。甚至，有些经得起蛮的，从医院一回来就直接下地去了。

人们只以为她的身子遭了重创，需要休息，却根本没想到，李巧妹之所以迟迟不出"洞门"，实在是因为心里的伤害太大，一时半会儿难以抚平。只怕一出门，脸上又是稀里哗啦的一大片，引起旁人笑话不说，干起活来，非但不能得心应手，反倒可能添乱，索性就多躺几日。好在有吴姐帮忙，活再多，也还能勉强应付。

吴姐自然能理解。都是女人，都怀过孩子受过苦。受了苦，孩子能平安来到身边，那叫苦尽甘来。最怕就是孩子先还跟自己脐带相连，就像手牵着手，相约着要共渡难关，一起迎接降生之福，不想一眨眼工夫，那头就没了，就空了，就无影无踪了。

那种痛，不是女人，是没法理解、没法体会的。

高福星带媳妇出了院，高胜德就来得少了。有时候憋不住，还想往这边来，又不知过来干什么。不动手帮忙吧，人家会觉得你干瞪着双眼睛看着他，那不是有病吗？一动手，人家又不免质疑，先前是因为缺人手，帮个忙还情有可原，现在主人家都回来了，再在面前晃来晃去，怕不是要贪图什么？

图什么？是呀，他到底图什么呢？

高胜德一想到这个问题，就觉得脸上有一股莫名的烧灼感。说来说去，他之所以那么好心，那么心甘情愿去帮忙，还不要任何回报，原来确实还是有所图啊。

可是，他到底能图到个什么呢？按年龄来看，吴姐早已不是姑娘家，肯定是有家的女人了。这样的女人，断不可能成为他的"目标"。可是，他就是喜欢跟她在一起，哪怕什么都不说，哪怕只是在一起干活，他也觉得心情舒畅、生活有滋味。

他觉得，这个世界上，只有她，才真正理解他。

终于，那一天，他鼓起勇气去找高福星。

高胜德找到高福星，开门见山地说："我想来给你帮工。"

高福星一愣，一时没明白过来。

高胜德又说："我想来给你帮工。"

高福星这才听懂了。高福星真正听懂的，不是高胜德要来给他帮工，而是，高胜德想以"帮工"之名，向吴姐靠拢。这个癞头呀，屁股一翘，我就知道他要拉什么屎！但一面又想，还是女人威力大，才来几天呢，就把一个好吃懒做的家伙改造成勤劳上进的"良民"了。

高福星怎么可能戳破他，也不好意思直接拒绝，只说："我跟巧妹先商量下再说。"

高福星确实没有唬高胜德。他确实跟巧妹商量了。李巧妹在床上躺了一个多月，骨头都好像变软了。从小到大，都是劳动惯了的人，现在突然歇下来，实在是不好受，丝毫没有养尊处优的舒适感。等到心情慢慢恢复平静，还是下了铺，加入劳动的行列。现在听高福星说高胜德想过来帮工，也是吃了一惊，随即道："我们现在也不缺人手啊。"高福星说："我也是这么想的。关键是——"话才说到半截，李巧妹就开始点头，说："确实，真要过来，怕是会闹出不少闲言碎语呢。"高胜德想来帮工的意图，原来大家都心知肚明。

"但按他现在的想法，也确实是想有所改变的。如果直接拒绝，会不会对他打击太大？"李巧妹心地善良，向来不愿伤害他人，所以有些迟疑。高福星没有作答，他的心里，又何尝不是这样想的呢？两个人都觉得，这个高德胜，以前当"癫头"的时候，反倒好对付些，明来明去，能合则合，不合就撕破脸皮拉倒。可是，当高胜德真的成为"高胜德"，想要成为一个正常人的时候，他们竟有些束手无策了。

正不知如何是好，虚掩的门被推开。

吴姐走了进来。

吴姐来了以后，因为没有正正经经的房屋，只好在管理房一层搭了个地铺暂住着。吴姐这会儿上来，本是给李巧妹煮了个糖蛋，端到门口，就听到了里面两个人的对话。一时间，进也不是，退也不是，就索性多站了会儿。等里面安静下来，这才推门而进。

吴姐进来，本也不打算说什么，可一想到刚才他们嘴里"闲言碎语"那一句，已经觉察到了什么。就觉得，这时候如果再不说点什么，怕是真要闹出些闲言碎语来了。便把碗端给李巧妹，说："巧妹，我想跟你说几句话。"高福星见状，立马说："那你们先聊，我要上山放牛去了。"说完，便知趣地退出去。吴姐等高福星把门关好，才说："你们刚才的对话，我都听到了。"李巧妹笑笑，说："怎么了？"心道，幸好没有说什么过分的话。吴姐说："那个高胜德，我知道你们的难处。"李巧妹没有急着应答，她想先听听吴姐怎么说。吴姐继续说道："我到你们这里也来一段时间了，有一件事，我对你撒了谎。"

李巧妹看着吴姐，说："吴姐你别说笑话了。你是怎么样一个人，我还不知道？"吴姐拉着她的手，叹口气，说："是真的。我年前答应你，春节一过就来你这里。"李巧妹说："是，你当时在电话里是这样说的。可后来，你不是说跟老板有口头协议，要再做三个月才到期嘛。这个我能理解。"

吴姐声音开始颤抖，像在强压着某种情绪。

吴姐说："就是这件事，我撒谎了。我没早点过来，根本不是跟老板的什么口头协议。"

这下，李巧妹的确有些惊愕了。她不明白，这么一个简单的问题，吴姐为什么要对自己撒谎呢？不就是晚来几个月吗？说出真实原因，不管是什么，作为多年的姐妹，怎么也会理解的啊。

吴姐声音变得幽怨起来。

"我没有及时赶过来，是因为，那段时间我正在办理离婚手续！"吴姐一字一顿，像费了很大力气，才把这句话表达完整。

好半天，李巧妹都没有吱声。她知道女人心里的痛，不是一两句安慰的话，就能抚平的。就比如，她前段时间失去孩子的痛，到现在，也会时不时隐隐袭上心头。

失去孩子，跟失去男人，到底哪种痛才更痛？

这是没法比较的事。但至少，孩子她连照面都没有打过呢，而吴姐的男人，却跟她朝夕相处，一起生活了十几年。她没有过问他们离婚的具体原因。出门在外的男女，离婚的还算少吗？不是两地分居，感情渐渐淡了，就是男的挣了几个钱，飘飘然不把发妻当回事了，或者女人为了钱，把做女人的本分全都忘得干干净净。

李巧妹只把吴姐的手捏得紧些，说："没事。咱们还年轻，还可以找到更好的。"这话一说完，就觉得有些不是味儿。要知道，她们今天话题的起由，就是高胜德。而高胜德会不会就是那个"更好的"呢？

果然，吴姐就把话题又转了回来。

吴姐说："你们不用担心什么闲言碎语。我跟高胜德之间，没戏。刚来的时候，我不了解他以前的情况，只是单纯地觉得，这是个好心人。后来发现他对我产生好感，我又不想立即向他挑明，我对他根本没有男女之间的那种感觉，怕这样会伤害他。他好不容易变得上进呢，换了谁，谁忍心再给他当头一棒呢？"

李巧妹微微皱了皱眉头，说："可是，如果一直这样下去，到时候他清楚了你的真实想法，会不会对他产生更大的打击呢？"

吴姐说："我也想到这一层了。我是这样想的，如果他确实变了，以后有了些家底，我们在浙江，不是结识了很多好姐妹吗？到时候给他介绍个合适的，撮和撮和吧。"

"那你的意思，也不赞成他过来帮工？"

两个女人会心一笑。这个话题，就到此为止。

27

转眼就到了第二年夏天。

高福星带动村民一起养牛的计划开始进入实施阶段，这也是他准备规模化养殖的一个新思路。第一头牛，被牵到了李如意家的牛圈里。对于李如意这个人，高福星自从断定是他破坏了自家老屋的那一刻起，好不容易积攒起来的那点好感，又一次荡然无存。但这并不影响他还是把牛免费送过去。说到底，这是互利互惠的事。更何况，不管过去发生了什么，他到底还是媳妇的哥哥，不为他李如意，单为了小李子，也应该让他们家过上更顺当的日子。

第二头牛，则是被高胜德牵了去。

高胜德提议给高福星家帮工的想法没有实现，但没有像往常那样怀恨在心，只自我安慰地在心里算计，去帮工，还不如自己养牛划算呢。养牛这个事，覃主席早就跟他提出过，说只要他愿意养，资金这一块，可以帮他联系银行贷款，国家有政策，叫金融扶贫。刚开始，他发懒，不愿意。后来，趁覃主席月末过来入户走访，就把自己的想法说了出来。覃主席高兴地一拍巴掌，说："好。这是好事！除了资金，牛的问题，我一会儿也帮你去问问。"覃主席只知道这个癞头那次跟高福星大吵一架，不欢而散，却不知两个人的关系后来又有所缓和。覃主席主动提出去找高福星商量卖牛，高胜德当然也乐意。他正想不知如何向高福星开口呢。说得不好，还以为又是癞头想占他便宜。这下好，有个中间人，价也好讲。

不承想，覃主席找过来，刚提到价格，高福星就说："不用，一分钱都不用给。牛，免费牵去养。"看覃主席张大着嘴巴、一脸疑惑惊讶的表情，这才将自己的想法，如何跟村民合作，特别是如何跟村民分利的想法一一道来。覃主席听懂以后，忍不住竖起了大拇指，连声说："好好好！是个好想法。"回到高胜德这边，还不忘啧啧赞叹："你这个本家有想法，将来肯定能成大事。听说，他刚回来，连贫困户都不如呢。你看看人家现在，不光自己发展，还不忘跟大家一起脱贫致富。所以人啊，只要有了志气，有什么迈不过去的坎儿呢？"

高胜德认真听着，频频点头。

覃主席的话，他是真心听进去了。

一旁，弟弟手舞足蹈个不停，就好像，他也听懂了覃主席的话，也随时预备着，要跟哥哥干一番翻天覆地的大事来。

高福星准备先跟李如意、高胜德合作，作为试点，果真能达到双赢效果，再跟村里其他贫困户合作，范围逐步扩展，直至最后把所有村民都纳为合作对象，那是最好。

说到贫困户，实际上，到高福星把养殖扩展计划付诸实施的时候，村里已经没有真正意义上的贫困户了。包括李如意，包括高胜德，按照贫困户认定标准，家里人均年收入都已经超出，条件不再符合。但是，国家为了防止贫困户脱贫以后，因为各种原因可能返贫，因此在一定时期内，原来享有的扶贫政策依然不变。这就好比，一个人生病，虽然痊愈，但此时抵抗力低，容易复发，还需要随时观察，以便完全康复；也有点像，刚刚学会站立的孩子，要正常行走，还得需要有人在一旁帮扶着，待步伐真正稳健，再松手不迟。

但这并不意味着，当全县"脱贫摘帽百日攻坚"大会战的热浪席卷而来时，这个地处偏远的小山村，就可以等闲视之、高枕无忧。特别是孔先行带领的一行村干部，对于上面即将到来的检查，还是严阵以待，不敢有丝毫懈怠，生怕因为一时疏忽出纰漏，给村里，甚至镇上丢脸。

然而意外，还是发生了。

那天，县里一位领导要去高胜德家看看，还没到地坝边呢，眉头已皱起老高，活像平滑的沙滩上猛地刮起一阵狂风，沙砾如波浪似的一层层掀高，然后，风忽然停住，留下来一片沟壑纵横的景象。然后进屋，脸就阴沉得如暴风骤雨前的漫天乌云，仿佛只差一个闪电、一声惊雷，世界便要经历瓢泼般的洗刷了。

领导侧身扭头，对随行人说："这墙上那么多横横道道，怎么搞的？还有这地坝，要是碰到下雨天，人不摔跟头，也得把鞋陷进泥里。"随行人连声说："是是是！"一边用小本本把领导意见记下来。

领导意见当然不只是意见，那其实就是工作指示。

领导说这个不行，接下来怎么办？

接下来，当然就要改嘛。

不过，比较客观公正一点讲，驻村工作队也好，村委也好，包括镇里，对高胜德家已经够照顾的了。知道他家人手少，不仅在检查前帮助他把房屋里里外外收拾打扫得干干净净，就算平日里，也没有领导来，也不迎接检查，但照样会时不时过来，看看有什么需要帮忙的地方。还有结对帮扶人——那个文联覃主席还曾带人一起帮他把墙上的污迹清理过。也可能就是因为那次清理，只是用工具把黑黢黢的地方戳磨掉，表面是光洁了许多，却因此而留下了不少印痕。偏偏这次领导眼尖，一下把那些痕迹看见了。再加上地坝就是块泥地，连条石也没铺一块，碰到下雨天，脚踩下去，确实容易打滑。墙上的"横横道道"，他们是真的忽略了，谁也没想到，领导的要求会这么高。地坝呢，工作队倒有过想法，可能的话帮忙翻修一下，可经费又没有合适的出处，只好暂时作罢。这次领导提出来，镇里把牙一咬，拨了一笔八千元的专项资金，先是把地坝用水泥硬化，彻底解决雨天路滑的问题，又将墙面全部粉刷，使房屋看起来比较美观整洁。连领导没提出来的，比如给灶台贴瓷砖、挨着灶屋砌一个专门的卫生间，也一并做了。

以至于，高福星在享受这些额外恩惠的时候，又有些飘飘然了。

以至于，在那以后不久，他家房顶一处椽子板有些弯曲下陷，可能有十几块瓦片，像一堆重物网在编织袋里，要落下来不落下来的样子。他脑子里一个激灵，又给工作队小李打了个电话。

小李认真听他讲完，说："你这个房屋损坏情况比较轻微，严格来讲，还不算什么损坏。我建议你自己修一下就可以了。自己不会，请个人，也花不了几个钱。"

高胜德说："可是，我不是听说现在有什么旧房整治政策吗？"

小李说："政策是有。可那主要是针对C、D级危房改造的。你这个不算，就算给你靠政策，国家也只补一千五，而且要全部换机瓦。那样的话，你自己贴的钱会比较多，不划算。"

高胜德吃了闭门羹，有点心烦。一个没忍住，又开始耍赖了，说："那好吧，你们不解决，反正领导还要来的嘛。我就等领导来了再说。"

这话无论怎么听，都像在威胁。也是，上次不就是领导把工作队批评以后，问题才得以解决的吗？到底吃了甜头，知道味好，这次还想再吃。

小李在电话那头愣住了，一时不知如何回答才好。但高胜德的耳边，却响起了一个女人的声音："哟，好大的架子呀。芝麻大点儿的事，除了找领导就解决不了了？领导要管全县一百多万人呢，个个都找他，他还管得过来吗？"

高胜德不好意思了，对电话里说："算了，不为难你。还是我自己想法解决吧。"又对吴姐说："没想到，都被你听到了。"吴姐说："听到又有什么关系。关键是，你不能再做回'癞头'了。"

原来，吴姐看高胜德常常胡子拉碴的，邋遢得不行，就去镇上买了把电动刮胡刀，这不，正给他送过来呢。在她看来，没女人的男人，就是没收拾。这一年多来，她更像是高胜德的妹妹一样，关心他，照顾他。在高福星家忙完了，有时候就抽空过来，帮忙扫扫地，或者洗洗衣服。她希望他一直都做"高胜德"，做一个有志气的好男人。如果他忘了，就随时在边上敲打敲打，提醒提醒。

高胜德呢？也基本上把握了吴姐的心理。他们走到一起是不可能的，但这丝毫不影响他对她的好感。也可能是从小缺乏关爱，突然之间有一个人对自己好，还认为自己也好，无形中受了鼓舞，自己真的就想把自己变好，然后对别人也好了。

至于能不能走到一起，那又有什么关系呢？

反正都打了半辈子光棍，再多打几年，甚至一直打下去，也不是什么大不了的事。

28

让人始料未及，孔先行说倒就倒下了。

许是先前一直有一根弦绷着，虽然看起来人不人、鬼不鬼的一副精瘦相，但终归还勉强支撑着。现在检查也过了，村里的扶贫工作总体来说，上级部门还算满意，就如同鼓起腮帮把气球吹起来，不想，口一松，气球就"噗"的一声，把气全泄了。

孔先行是在夜里四点半左右，睡到稀里糊涂时感觉腹部疼痛难忍的。前一晚，他和村委一班人到了镇上一家饭店，说是要喝顿庆功酒，为前段时间的辛苦干一杯。一趟酒喝下来，嘴是舒服了，人却瘫了下来。

深更半夜，他也不好意思叫人送他去医院，只好咬紧牙关强忍着。虽然哼哼唧唧，但这几年，又有几个时候他不是这样呢？所以，家里也没把这当回事。好不容易挨到天蒙蒙亮，才抖抖索索举起电话，打给村主任。村主任有辆货车长安，平时有什么急事，也多半请他帮忙跑一趟。

村主任知道是他胰腺炎的老毛病又犯了，但他没料到这次会这么厉害。以前痛起来，孔支书总是吃点止痛片就解决了问题。刚开始吃一颗，后来一颗不行了就吃两颗。只要不痛，工作照样干。也曾劝过他，身体不舒服，就要去医院。他却说："反正只是痛，能自己解决就自己解决。身体又不是万里长城，总会闹点小灾小病。一有不适就开溜，那工作还干不干？"说得好像也有理。也不是三岁小孩子，想来他自己有分寸。这不，这次痛得实在受不了了，还是只有主动开口去医院。

村主任把孔先行接上车，也不打算去镇卫生院了，看他那痛苦不堪的样子，还是直接去县医院比较保险。

车到半路，孔先行的电话响了。村主任看他不好接听，帮他拿过来，接通。只听电话里说："不好了！不好了！孔支书，燃起来了……"村主任有点莫名其妙，说："哪里燃起来了？"对方一听，是村主任，急切地说："我们这里啊，我们这里燃起来了！"村主任脸色大变，赶紧问："你说清楚，到底是哪里？"电话里才说："山林！我们村山林有一处地方着火了！"

孔先行的电话音量本来就大，虽然是村主任在接听，但他们的对话，他在一旁早已听得清清楚楚。山林着火，这是夏天最担心的事。太阳虽然火辣，但直接把树叶点燃的可能性还是比较低，最怕就是小孩，甚至有些防火意识淡薄的村民烧柴火堆。一个不小心，就可能把整片山林引燃。树木的损失不说，还可能祸及刚刚种下不久的几百亩乌梅。

孔先行感觉背脊直发凉，腹部的疼痛减了大半，说："快！快回去！"

村主任脚下却没有松油门，看样子根本没打算掉头。

孔先行说："听到没有？赶紧回去呀。救火要紧！"

村主任闷头闷脑地说："救火是要紧。救人更要紧！人没得救了，火谁去救！"

孔先行说："我们先不争这个。现在你得听我的。我这个病还没到死人的地步。火不赶紧扑灭，真有可能出人命！"

村主任"吱嘎"一下刹住车，横在路中央，开始倒车。

然后"呼啦呼啦"往回跑。

又才跑一半，忽然听到车顶上一阵"噼哩啪啦"的暴响。再看前方玻璃，也是"叮叮当当"响成一片，就像天上有无数人在拉屎，把些白糊糊的屎坨坨掉到满车身都是。以至于，不把车慢下来，根本看不清路面。

两个人都惊讶地叫起来："不好！冰雹！"

赶紧把车开到路边停下。也不敢停得太久，虽然两边树荫密布，是可以把冰雹抵挡一阵，可如果冰雹把树丫打断，然后砸到车上，后果不堪设想。村主任前后左右又观察了一通，发现不远处有一户人家，赶紧向前滑移过去。车开到人家屋檐下，人才下来，靠墙站着。孔先行虽然腹部还在疼痛，也只能强忍着，用手捂住，扛着背，蹲在地上。再怎么，也只能躲过这一阵猛烈的攻势再说。

再看地上，却是鸡蛋般大小的雹子。一个个，张牙舞爪，面目狰狞。有一些刚着地就裂开了，有一些竟然没碎，溜光圆滑，像被挖掉、散落一地的眼珠子，可憎又可怖地盯着人看。

那满地流淌的液体，多么像自然在人前暴露的新鲜的血。

沉默。

除了铺天盖地"叮叮当当""噼哩啪啦"的冰雹声，他们一言不发。就仿佛，他们独立在冰凉的世界之外，冷静而伤感地观察着，思考着，忧虑着。

那些命悬一线的乌梅啊。

那些全村人脱贫致富的指望啊。

孔先行无论脸色多么平静，都掩饰不了内心深深的懊悔：当初，为什么不早点给那些乌梅买个保险呢？

也不知过了多久。天光开始重新亮起来，就好像，明媚的希望终于冲破浓重的阴霾，重又普照大地。

他们上了车。好半天没有动。他们不知道到底是该回村里去，还是该再次掉头，按原计划去县医院。

电话又响了。

电话里说："支书！哦，主任！真是奇了，我这辈子还是第一次见！冰雹把山林的火打灭了！"孔先行的心里仿佛拎紧的发条，松了一扣。

"还有啊。我们刚才去查看了一遍乌梅，居然，居然没打倒几棵！天上仿佛竖下来一壁墙，冰雹几乎全打到山林着火的那一边去了。这边，只稀稀落落下来几颗……"

那一刻，孔先行的脸上已满是止不住的泪痕。

不知道，是疼痛感又剧烈地袭了上来，还是因为，别的什么。

去县城的路上，村主任车开得特别快。剩下的路平时大约需要四十分钟，今天，竟然开了二十分钟都不到。只在几处安装有摄像头的地方，不得已才把速度慢下来。一过，车又像离弦的箭一般冲了出去。

着急是一方面，主要还是轻松。就好像，他和车完全融为了一体。怎么开，都得心应手，不会出丝毫差错。

然而接下来，又是一声晴天霹雳。

县医院检查结果显示，孔先行病情已严重恶化，必须立即动手术。医生又慎重提醒，如果有条件，可以考虑去西南医院，治疗效果会更好。

孔先行才被他在县城的哥哥送去西南医院，村里又传出噩耗：李如意出车祸，去世了！

李如意去镇卫生院检查过几次，查血，显示"肝功"有问题，打B超，说是酒精肝。医生开了一些药，总是不管用，反正整个人浑身上下都不舒服，坐也不是，站也不是，一晚睡到天亮，眼都难得闭一下。也不知道是心焦，还是果真身体有问题。想想，毕竟孩子还小，冥冥之中，总有些莫名其妙地担忧。孩子再过几天就要放暑假了，再拖怕没时间，于是决定，趁这几天有空赶紧去县医院再查查。

医生拿到检查结果，好半天没言语。一开口，却不说病情，只问："有家属在吗？"李如意说："就我一个人。"医生说："家里还有其他人吗？"李如意觉得奇怪，医生的职责是治病救人，这是傻子都知道的事，怎么像个查户口的？他有点不悦，不好说媳妇早跟人跑了，只敷衍道："有没有人，都是我自己管自己。"医生愣了好半天，看样子，也只能如实相告了。

医生慎重地说："你这个情况，考虑是肝癌……"怕他受不了，又赶紧说，"也不要有思想负担。还在初期，如果治疗及时，调理得当，还是有希望的。"

李如意脑子"哗啦"一声响。就好像，从暗地里突然冲出个人来，还没看清呢，只一晃，手起刀落，眼前一黑，心中就涌起一股钻心的刺痛。

李如意痛的，不是肝癌，着着实实是他的小儿子。

如果他没了，他的孩子怎么办呢？

他也记不清是怎么走出医院大门的，也不知道是怎么上街的。就像个恍惚的幽灵，像只无根的浮萍，飘飘悠悠，说不准下一秒会飘到哪里。然后就听到有人叫他。迷糊中，抬眼一看，却是镇上那个跑摩的的。

"摩的"说："是不是要回去？我刚好办完事，顺路。钱不多收，比你坐客车至少省一半。"

李如意就鬼使神差，坐到了摩的后面。

开到半路，正碰上那一阵冰雹雨。"摩的"年轻气盛，血气方刚，又刚好是下坡，把个摩的开得像赛车。第一颗冰雹砸下来，车身晃了晃。还没扶正，接着就是一顿劈头盖脸的猛砸狠打。想要刹车，已经来不及。摩的像一个歪来倒去的醉汉，不，应该更像一条滑溜溜的蛇，以一种诡谲的、无奈的、完全不可阻挡的气势，冲向公路外边……

李如意还没来得及交代他的后事，还没来得及和儿子再过几天开开心心的好日子，还没来得及把高福星给的那头牛养大……他还有太多太多的来不及，就"咔嚓"一下，把一生的记忆永远抹平了。

有什么办法呢？人生总是祸福难料。命运总是荒诞无序。

那只无形中的手，从来不会以人的意志和意愿，来作为它指挥的参照。

这次车祸唯一的安慰在于，"摩的"居然活了下来。不但活了下来，除了头部受点轻伤，其他地方，竟完全没事。"摩的"活下来，就意味着，虽然他不是有钱人，但还是赔了李如意十几万块钱。李如意固然不可能再受益，却用他的命，给儿子换来了他这个贫困户活一辈子都没有见过的大额赔款。除了"摩的"赔偿，因为政府给每个贫困户都买了保险，人一过世，家人就会得到一千元补偿。虽然再多的钱，也无法挽回逝去的生命，但对于必须继续活下去的亲人来说，却是一个重要的力量支撑。

村委为这笔钱的安全起见，决定以小李子的名义单独开户，又考虑到小李子还未成年，银行卡暂时由村委保管，等他年满十八周岁，再完璧归赵。令人宽慰的是，眼前最紧要的孩子抚养问题，村里却没怎么操心。从李如意出事的第一天起，小李子就跟高福星他们住在一起。高福星也不是没想过，或者把孩子送去福利院，可那里都是些没爹没妈的孩子，生活哪有家里匀静？找好心人收养吗？好心人再好，还能好过自己的亲人？不管李如意生前跟他们一家有过多少恩恩怨怨，但李巧妹终归是孩子姑姑。这个血缘关系，不是谁想断就能断得了的。

李巧妹说："反正我们自己没孩子，要不就养起来吧？"

有什么说的呢？养起来就养起来。不过是多双筷子多张铺的事。高福星说："是要养起来。这孩子不错。不出意外，今后肯定能成材。"

然而，去办理收养手续的时候，一个新问题又出现了。孩子亲妈虽然跑了，但还是孩子他妈，这个法律事实没有改变。民政部门说，亲妈没有去世，或没有解除法律关系，其他人就不能顺利办收养。

高福星这下犯难了。

法律不允许，那可怎么办呢？

还是李巧妹想得细。李巧妹说："不允许，那我们就不办收养。孩子还是保留他原来的户口，我们，只在生活上代养就行。代养，就是代替他去世的爸爸抚养。这样，总可以吧？"

村里一班人，都觉得这个办法好。孔先行还在重庆住院，村主任有意将孩子的银行卡交给高福星。高福星说："卡还是放在你们这里，以后孩子长大了，直接交给他。我们现在条件说不上怎么好，但养个孩子，还是没问题。"

孩子的事情就这么安排好了。

不想，一个意想不到的情况又出现了。孩子的妈妈，那个已经跑了好些年的"寡妇"，出现在了村委。所有人都惊诧莫名，所有人都以为，这辈子都不可能再见到这个人。可是，她竟然在人们最意想不到的时刻，突然间冒出头来。

"寡妇"找到村主任，说孩子父亲去世了，她这次专程回来，是为了把孩子带走。村主任刚开始还觉得，到底是自己身上掉下来的肉，心再狠，最终还是不可能对孩子如此绝情，完全不痛惜。然而，很快又产生了怀疑，这么多年过去，她都杳无音信，像吐在空中的一口气，说没就没了。怎么李如意刚去世，她就回来了呢？难道，她真的一直在想方设法关注他们，一直没有忘记这个苦难的家庭？难道，她真的是心疼孩子，想从此把孩子留在身边？

可不知为什么，思来想去，总觉得哪里不对。

多了个心眼，话就不同了。

村主任说："难得你还记得孩子。这样吧，孩子你可以带走，可是——"他故意停顿了一下，喝口茶，才慢条斯理地说，"那笔赔偿款，只能放在村委。等孩子长大以后，再来取。这是我们开会决定了的事。"他这话本来也是做个试探，并不是真要如此。

果真如此，她要打官司，还未必能赢她。

没想到，"寡妇"先前还劲头十足，这下，却突然打了蔫似的，说："时间不早了，我先去看一下孩子。"

小李子已经放了暑假，正跟着高福星在山上放牛，却始终没有等到妈妈来看他一眼。

"寡妇"出村委大门之前，根本没有问小李子现在在哪儿。

那一刻，村主任已经知道，"寡妇"这一去，是再也不会回来了。

29

孔先行出院，已经是两个半月以后的事了。

如果单单做手术，肯定用不了这么长时间，问题在于，他刚去西南医院，简直人满为患，前半个月，根本挂不上号。后来好不容易有了床位，住进去。医生各项指标一检查，说："身体太差了！暂时不能动手术。"接着把营养液开了一大堆。"先把身体养好再说。不然，太危险。"孔先行没料到这种情形，但也没办法，只好一边治疗，一边养精蓄锐。又过了一个多月，直到有一天，医生说："行了。准备进手术室吧。"

手术很顺利，中途没出现什么意外。因为胰腺坏死了，医生从胰腺处搭了两根管子，直通胃部，有效解决了胰岛素排除问题。但手术终归不是什么好事，心情肯定会受影响。那段时间他不断鼓励自己："其实也没什么。又没有缺斤少两，想吃就吃，想睡就睡，比起那些躺着倒着动不了的，不知要好多少倍。"这样一想，果然就豁达起来。

真让他心烦的，不是病，是钱。

孔先行年轻的时候在镇伙食团干过，买的是职工医保。这场病下来，总共花了大约四十多万元，因为用的好多药都不在报销范围之内，所以最后结算，只能报销百分之四十。剩下二十几万，需要自己掏腰包。可是，他把家里老本算起来，也只有十来万，再多，就算砸锅卖铁，也不可能凑齐。

但所谓好人有好报。正当他一筹莫展之时，突然收到一条短信。短信提示，他的银行卡上平白无故多出来二十万。他从来没有碰到过这种事，吓得不轻。好在他儿子帮他下载过网上银行，上去一看，汇款人竟然是高福星！

孔先行打电话过去，问这是怎么回事？高福星说："你可别误会，这可不是给你的行贿款。我也没什么事要求你，非得给你行贿。这是你应得的。"孔先行有点丈二和尚摸不着头脑，说："什么叫我应得的呢？"高福星说："你是真搞忘了，还是假装搞忘了？你在我这儿可是投了三万块钱呢。没那三万块，我现在还不知道是个什么穷酸相呢。这几年想扩大规模，没给你分红，现在你有困难，一起分给你。"孔先行这才想起，也确实，当初把钱给他，说的是，赚钱了就算投资，没赚就算借。他赚了钱，自然是要分红的。这几年为了扶贫工作，忙得晕头转向，他不提，还真没挂在心上。有几次倒是想起来，正想问个究竟呢，事情一来，又岔过去了。不过，话回来，就算没事情来打岔，估计他也不好意思问。他当初拿钱出去，可不是想今天得利，只是想帮朋友渡过暂时的难关罢了。准备问他怎么知道自己缺钱的，又一想，还是别问了，媳妇在守家，没有随儿子一同到重庆来照顾自己，她那张嘴，本来就像个高音喇叭。有她在，全村还有谁不知道他家的情况？

孔先行回到村里，又休养了几个月，身体才慢慢恢复。好在大小事情都有村主任顶着，再加上云阳已经摘掉"贫困县"的帽子，现在的扶贫工作，大都是按部就班，按原有的政策执行就可以了，所以他倒不像以前那么操心。

又过了大半年，一切都风平浪静。直到县里来了新规，才又起了一阵小小的骚动。这个新规是：以后结对帮扶人来看望帮扶对象，不准再送钱送物，只能帮忙争取政策支持。这大概是因为，上级领导也已经意识到，扶贫，靠送钱送物是不行的，相反，还可能引起扶贫对象"等靠要"的消极思想滋生。领导也是好心，但有些贫困户并不理解这种好心。他们觉得，争取政策是好，可有钱有物，不是更实在吗？为什么不可以既帮忙争取政策，来的时候，又带点什么呢？帮扶人也觉得，去看望帮扶对象，手里什么都没有，仅凭一张嘴，说得再好听，气氛也没有以前那么融洽。再就是乌梅产业，有人也产生了新的想法，说："种植乌梅好是好，可要到三年以后才能结果，十年以后才到盛产期。太慢了，我还不如把地拿去种点别的什么划算。"

仔细想想，也对。

村民都不是经济发展的战略家，没有那么长远的眼光，就是一个个普普通通的农民。农民讲什么？就是讲实惠，讲投入少，产出快。总归一句话，大家要张嘴吃饭。家庭条件好的，可以放长线钓大鱼，可对那些家庭本来就不富足的贫困户来说，几年以后才有收益，不愿等，也在情理之中。

碰到这种情况，怎么办呢？

孔先行感觉好不容易卸掉的压力，重又回到了肩头。

新规的问题，他一个村支书，也只能听听意见，最多反馈到镇里，其他，还真做不了什么。但乌梅呢？村里是不是可以做得更多，把村民、特别是贫困户的长远利益与短期利益更好地结合起来？比如，跟高福星合作，发展壮大养殖业？把高福星一个人的产业，变成全村村民集体的产业？

但是，具体应该怎么做，他的心里却完全是一本糊涂账。他根本不知道，高福星早就有了这种计划，并已经开始在试点实施。他只是有一种朦胧的意识，既然高福星一个人能干好的事，为什么一个村、一个集体就不能干好呢？如果能在个人与村集体之间找到一种利益的平衡，相互促进，协同发展，不是一件更有前景、更加美好的事情吗？

尾声

"脱贫攻坚"总决战的号角很快就吹响了。

村委这段时间又开始没日没夜地忙碌起来。扶贫工作进入收官阶段，主要是对各种数据要进行核实、上报。每一个人心中，都有一份沉甸甸的责任感，要让这一伟大的历史进程在自己的手中，反应它最真实的面貌，在画上圆满句号之前，不留任何遗憾。

孔先行虽然身体已基本恢复，但事情一多，还是有点累。其他人都去伙食团吃工作餐去了，他没有去。他既没有胃口，也暂时适应不了集体伙食。自从出院回来，他几乎都是在家以稀饭为主食，再简单下点咸菜，有时候也让媳妇炒一两个素菜。

反正也不想吃东西，他想趁这会儿去山上转转，放松放松。

从村委出发，沿后山一路攀爬，大约半个小时，就到了山巅。说是山巅，也不准确，其实更像个山垭，只不过从地理位置来说，是在最高处。山垭呈上弦月形状，仿佛搁在两峰之间。这一边，土肥坡缓，远远望去，像一面绿色的瀑布，飞流直下三千尺。那一边，高度骤降，两山之间，一条河流从中截断，拦成一个大型水库。水库不仅能解决全村的人畜用水，碰到干旱，还能灌溉庄稼，引流乌梅等产业。这是国家最新投入的扶持项目，是全村的常用水、备用水、救命水。

孔先行站到山垭上，目力所及之处，全是巍巍青山。苍松翠柏，如泼墨，层林尽染；山花草丛，似写意，点缀其间。山村公路，时隐时现，如白色丝带，翩翩起舞。村委，以及村委周边的院落人家，几乎全是两三层的小洋楼，安静祥和，稀疏坐落。有几处，炊烟正缓缓升起。

孔先行的内心，也沉静下来。又似乎有点感动。这样安居乐业的场景，不正是他几十年来，一直心心所念，一直为之而奋斗、而向往的吗？

现在，它就真真实实展现在眼前。

眼前，还有从垭口通往高福星家的那条土公路。开掘已经好几年了，一直没有硬化。倒是申报过几次，都因为是私建而没审批下来。把这阵子忙完，他想再试试。毕竟，高福星现在俨然已经成了村里的致富标杆。把路硬化了，不仅对他，对村里的发展，也只有好处，没坏处。现在，扶贫工作虽然很快就会告一段落，但接下来，如何带领全村村民走上致富路，却是一个更大的课题。他隐隐约约有一种感觉，也许，高福星的创业经历，可以给人们一些很好的启示。高福星不是贫困户，可他却曾陷入比贫困户更困难的境地；高福星不是帮扶人，他却像真正的帮扶人一样，没少给周围的贫困户帮助。

他不是脱贫攻坚的主力军，却绝对是一个有益的补充。

想到这儿，孔先行有意识地朝高福星老屋所在的那片森林望去。没想到，仿佛真有"心有灵犀"这种东西似的，人没看到，却听到高福星远远传来的山歌声，飘飘渺渺，似有似无：

栽田要栽罗荡秋，
使牛要使线角牛，
找姐要找当家姐，
吃东吃西才好留，
……

　　孔先行知道，高福星把歌一吼，就要回家去吃午饭了。

　　他不知道的是，此时此刻，高福星嘴里哼着情歌，心里却在想另一件事。刚才，他发现其中一头牛溜出了树林，窜到旁边的地里去了。地里，是种下才一年多、连半腰都没齐的乌梅。

　　这就是说，他养的牛差点把那些稚嫩的乌梅踩倒了。

　　这是个新问题。

　　这是他个人与村集体之间，不可避免、将要发生的一场矛盾。

　　他不想让这矛盾最终激化，成为现实。他想，他得赶紧做点什么，将刚要露头的火苗及时掐灭。如果身边有一盆水，他将毫不犹豫地泼出去。

　　在孔先行与高福星之间，在村委旁边的一户院落前，一群工人正把手中的工具放下，堆在一起。他们忙到快一点，也该去填填肚皮了。院落前，那些原先灰不溜秋、像小孩子的脸一样脏兮兮的坎子不见了，代之而起的，是干净、整齐、极具艺术美感、像城里很多地方都能见到的那种堡坎。

　　你随便问周围哪个人，这是在干什么？

　　他们都会告诉你："乡村振兴呀！乡村振兴，开始了！"